Ferdi

Frau Windjammer

Gina Jonson

Knut Jonson

FERDI
und Greta halten zusammen

**Wirf dein Herz voraus
und dein Pferd springt ihm
hinterher.**

Außerdem von Hilke Rosenboom im Carlsen Verlag erschienen:

Ferdi und der geheimnisvolle Reiter
Ferdi und das Pferd aus Gold
Der Sommer der dunklen Schatten
Ein Pferd namens Milchmann
Melissa und die Meerjungfrau
Das Handbuch für Prinzessinnen
Hund Müller

HILKE ROSENBOOM

FERDI und Greta halten zusammen

Mit Bildern von Eva Spanjardt

CARLSEN

Ein Ritt über den Strand

An einem Morgen im August war Greta so glücklich wie lange nicht. Ferdi hatte sie schon vor Sonnenaufgang geweckt, weil er das Herannahen eines wunderschönen Tages spürte. Er wieherte leise unter ihrem Zimmerfenster und scharrte mit den Hufen. Das hatte sie in ihrem Traum gehört. Greta dachte immer, dass Ferdi und sie sogar miteinander verbunden waren, wenn sie schliefen.

Ferdi war das ungewöhnlichste Pferd, das je auf diesem Reiterhof gelebt hatte. Vielleicht war es auch das ungewöhnlichste Pferd auf der ganzen Welt, so kam es Greta jedenfalls manchmal vor. Ferdi war feinfühliger als die meisten Menschen, er schien sogar manchmal klüger zu sein. Und er war Gretas bester Freund.

Sie zog schnell die Reithose über ihren Schlafanzug und schlüpfte in die Reitstiefel. Sie streifte einen alten Pullover über und setzte ihre Reitkappe auf. Greta

konnte sich fast ihre Reitsachen anziehen, ohne dafür extra die Augen zu öffnen.

Draußen war es an diesem Morgen ganz still. Feuchte Luft wehte vom Meer her zum Reiterhof der Jonsons herüber. Ferdi wartete geduldig, bis Greta auf seinen Rücken geklettert war. Dann aber schien er es nicht mehr auszuhalten, an einem derartig schönen Morgen stillzustehen, und er galoppierte fast aus dem Stand los. »Hey!«, rief Greta ein wenig vorwurfsvoll und hielt sich an seiner Mähne fest. Ferdi gefiel es, dass er ihr einen kleinen Schrecken eingejagt hatte, das spürte Greta. Die beiden neckten sich gerne.

Dass Ferdi etwas Besonderes war, sah jeder auf den ersten Blick. Sein Fell hatte eine weiche goldbraune Farbe und die Mähne war wie grauer Samt, fast schwarz. Nur auf seiner hohen Stirn prangte eine weiße Blesse in der Form des Buchstabens F. Deshalb hatte Greta ihn als Fohlen damals Ferdinand genannt – ein klassischer Pferdename, der auf dem Jonson-Hof häufig vorkam.

Ferdi war stark und groß und hielt den Kopf so stolz hoch wie ein edles arabisches Pferd. Allein dadurch wirkte Ferdi schon atemberaubend schön. Aber er hatte außerdem etwas, was sonst kaum ein Pferd hatte. Oben auf seinem Rücken verlief ein schmaler schwarzer Strich. Um die Fesseln herum ringelten sich jeweils drei weitere dunkle Streifen. Diese Streifen waren es, die Ferdi als junges Fohlen fast das Leben gekostet hätten. Manche Züchter glauben nämlich, dass Pferde mit so genannten »Dorsalstreifen« und den eigentlich lustig aussehenden »Zebrabeinen« besonders eng mit dem Urpferd verwandt sind, das vor Jahrtausenden auf der Erde gelebt hat. So ein ungestümes Pferd könne nicht als Reitpferd eingesetzt oder gar vor einen Wagen gespannt werden.

Greta lief noch heute ein Schauder über den Rücken, wenn sie daran dachte, dass Ferdi gleich nach der Geburt getötet werden sollte. Seltsamerweise fand sie Ferdi überhaupt nicht wild. Kein Wunder. Ihr gegenüber war er stets lieb und vorsichtig. Seit sie ihn als Fohlen vor dem Abdecker gerettet hatte, waren die beiden so vertraut, dass Greta ihn sogar mit Blicken bändigen konnte.

Greta liebte den Duft seines dicken weichen Fells und die Art, wie er seine Mähne heftig schüttelte. Seit er so groß war, dass Greta auf ihm reiten konnte, schien ihre Freundschaft noch enger geworden zu sein. Monatelang hatte Greta gefürchtet, dass einer der Erwachsenen ihn zureiten und dass Ferdi sich dagegen wehren würde, wenn jemand auf seinen

Rücken sprang und möglichst oben sitzen bleiben wollte. Aber keiner hatte ihn je zureiten wollen, und er schien nur darauf gewartet zu haben, dass Greta sich endlich auf ihn schwang. Er gehorchte ihr sofort und schien immer zu ahnen, wohin sie wollte. Und manchmal auch, was sie dachte.

So war es auch an diesem frühen Sommermorgen. Er wusste, dass sie gerne mit ihm ausreiten würde, wenn er sie so früh weckte. Morgens, wenn die anderen Gäste des Reiterhofs noch schliefen, gingen

sie oft ohne Sattel und Zaumzeug ins Gelände, nur mit Halfter.

Als sie den kleinen Dünenweg erreichten, schielte gerade eine pinkfarbene Sonne über den Horizont. Die Luft war schon warm und der Morgen duftete nach frischem Gras. Ferdi galoppierte so schnell wie nie zuvor. Greta juchzte vor lauter Glück. Sie fand es herrlich, dass Ferdi diesen wunderbaren Moment, die seidige Luft in der Nähe des Strandes und einen schnellen Ritt genauso sehr genoss wie sie selbst.

Als sie nach mehr als einer Stunde den Hof wieder erreichten, wäre Greta am liebsten auf Ferdis Rücken sitzen geblieben und hätte seinen Hals und die weiche Mähne umarmt. Doch dann meldete sich der Frühstückshunger. Ferdis und ihrer. Ferdi hatte es daher eilig, in seine Box zurückzukommen. Seit er ein Fohlen gewesen war, bewegte er sich auf dem Hof der Jonsons völlig frei, er durfte überallhin, nur nicht ins Haus hinein, wo Gretas Familie wohnte und die Gäste ihre Zimmer hatten, die hier ihre Reiterferien verbrachten.

Die Ankunft

Greta rannte in die Küche, wo die anderen schon am Frühstückstisch saßen. Frau Windjammer, die hagere grauhaarige Haushälterin der Jonsons, sah Greta kopfschüttelnd entgegen, während sie ein Brot für Leni strich, das jüngste der Jonson-Kinder. Gretas Bruder Alex biss in einen Apfel und beugte sich über die Namensliste mit den neuen Gästen, die heute, am ersten Ferientag, auf dem Hof erwartet wurden. Er schob die Liste über den Tisch zu Greta hinüber, die sie rasch überflog. Plötzlich hielt sie inne.

»Aurelia … was ist das denn für ein komischer Name!«, sagte Greta, setzte sich und nahm sich schwungvoll ein Brötchen aus dem Korb. Sie wollte sich nicht von dem Gedanken an die neuen Reiterhofgäste und all die Arbeit, die in den nächsten Wochen auf sie zukam, die Laune verderben lassen. Statt mit

Ferdi auszureiten, musste sie sich um die Ställe und die Pflege der Pferde kümmern und mit den Gästen durch die Dünen reiten. Und das, obwohl sie auch selbst Ferien hatte! Aber Gretas Vater rechnete mit der Hilfe seiner Kinder, der Hof brachte nicht viel ein, so dass sich die Jonsons außer einem Reitlehrer und der knorrigen Haushälterin kaum Angestellte leisten konnten.

»Aurelia klingt doch nett«, erwiderte Leni. »Bestimmt hat sie ganz tolle Kleider.« Leni versuchte, ihren beiden Lieblingspuppen zwei rosafarbene, herzförmige Haarspangen anzustecken. »Oder ihre Puppen haben ganz tolle Kleider!«

»Quatsch, hier steht, dass sie zwölf ist«, entgegnete Greta und schob das Papier von sich weg. Das Anmeldeformular für die Reiterferien hatte diese Aurelia anscheinend selbst ausgefüllt. Ihre Schrift sah so ordentlich und geschwungen aus wie die in Lenis Grundschulbuch. Und sie liebte Pferde. Das stand zumindest auf ihrer Anmeldung. »Mit zwölf hat man keine Puppen mehr«, stellte Greta fest. »Nicht einmal, wenn man Aurelia heißt.«

»Man beurteilt Leute nicht nach ihrem Namen«, bemerkte Frau Windjammer spitz und fing an, das Frühstücksgeschirr abzuräumen. »Oder nach ihrem

Alter. Nur nach ihren inneren Werten. – Und stütz den Kopf nicht auf die Hände, Greta, wie oft muss ich dir das noch sagen!«

»Ich finde, Aurelia klingt irgendwie besonders«, mischte Alex sich nun ein. »Bestimmt ist sie hübsch.«

»Was ist denn mit dir los? Seit wann interessierst du dich für Mädchen?« Greta grinste. Sie kaute und nahm einen Schluck Milch, um den Brocken hinunterzuspülen. Ihr großer Bruder starrte verlegen auf seinen Tellerrand.

»Du spinnst!«, sagte er.

Jetzt angelte Greta nach einer Scheibe Käse und legte sie auf ihre Brötchenhälfte. Der Käse lappte an allen Seiten herunter, wie die Tagesdecke auf ihrem Bett. Greta biss herzhaft hinein. Sie war Ferdi dankbar, dass er sie so früh aus dem Bett gescheucht hatte. Heute war ein besonders schöner Tag! Was er wohl sonst noch alles bringen würde?

»Aurelias Mutter ist diese berühmte Fernsehmoderatorin, wie heißt sie noch gleich …?« Die Haushälterin räumte die Spülmaschine ein. »Jedenfalls möchte sie nicht, dass ihre Tochter hier anders behandelt wird als alle anderen Gästekinder. Sie soll bei uns ganz normale Reiterferien verbringen.« Frau Windjammer wackelte zufrieden mit dem Kopf. »Erziehung zur Bescheidenheit. Das gefällt mir. Vielleicht könnt ihr von dieser Aurelia noch etwas lernen.«

Draußen hupte es jetzt zweimal. Frau Windjammer wischte ihre Hände an der Schürze ab. »Das müssen sie sein. Kommt mit raus, Kinder, wir wollen unseren neuen Gast begrüßen! Wenn du schon vor Tag und Tau heimlich ausreiten kannst, Greta, dann kannst du auch deine Pflichten erfüllen! Solange deine Eltern auf der Pferdeauktion sind, müssen wir uns gemeinsam um die Gäste kümmern – auch wenn dir das lästig ist!«

»Moment noch«, schmatzte Greta und pikte die Gabel in eine Schinkenscheibe. »Ich komme gleich nach!«

Frau Windjammer knurrte leise. Es gelang ihr nur, Leni und Alex nach draußen zu scheuchen. Greta wünschte, dass ihre Eltern schon zurück wären. Zwar meckerte ihr Vater immer an ihr herum. Aber wenigstens übernahm er oft die Begrüßung der Gäste. Greta schnappte sich noch ein halbes Brötchen. Mit Marmelade.

Als Greta nach einer Viertelstunde auf den Hofplatz trat, fuhr der große silberne Wagen schon wieder davon und bog hupend auf die Straße ein.

Greta sah, dass sich oben aus dem Schiebedach eine Hand herausstreckte. Die Hand bewegte sich anmutig. Die vielen Ringe blitzten im Sonnenlicht. Alex, Leni und Frau Windjammer winkten dem Auto hinterher.

Das neue Mädchen war nirgendwo zu sehen. Nur eine korallenrote Reisetasche stand auf dem Hofplatz. Daneben befand sich ein rosafarbener kleiner Lederkoffer. War das vielleicht ein Schminkköfferchen? Greta hätte ihn gern einmal aufgemacht. Wo steckte nur diese Aurelia?

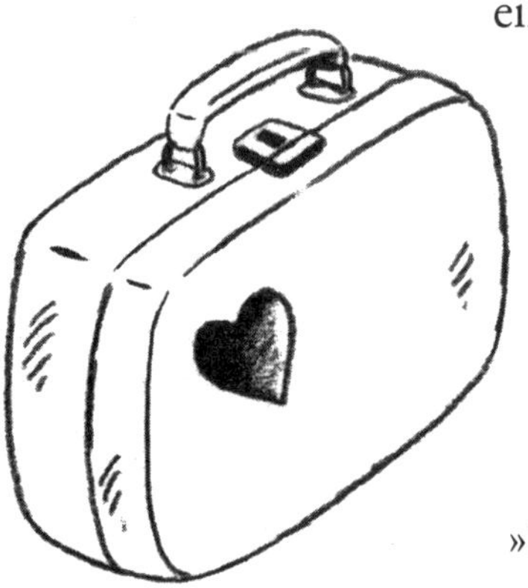

»Sehr nettes Mädchen«, stellte Frau Windjammer fest. »Und so höflich. Sie ist gleich in den Stall gegangen.«

Greta kaute immer noch an ihrem letzten Brötchenstück, schluckte den Rest aber nun hinunter. »In den Stall? Allein?«

Die Jonsons legten großen Wert darauf, dass jeder neue Gast eine Führung durch den Stall und über den Hof bekam, ehe er das Gelände allein betreten durfte. Immerhin standen ein Dutzend zum Teil sehr wertvolle Reitpferde in den Boxen. Und alle waren eigene Persönlichkeiten. Da war eine kleine Vorstellung unbedingt nötig. Welches Pferd mochte es nicht, wenn es in der Box besucht wurde? Welches Pferd zwickte einen Gast, der ihm zu nahe kam? Wer keilte aus? Welche Pferde durften gelegentlich ein kleines Leckerchen bekommen? Wer klaute gern Eukalyptusbonbons? Letzterer war Ferdi! Greta musste lächeln, als sie wieder an ihn dachte. Er war eben das süßeste Pferd weit und breit! Ihr Pferd!

»Wo ist Ferdi?«, fragte Greta. Er kam ihr sonst immer entgegen, sobald sie beide gefrühstückt hatten. Und auch wenn sie einander erst kurz zuvor verlassen hatten, stupste er sie immer zärtlich mit der Nase an und wieherte leise. Wo also war er jetzt? Wollte er nicht an ihrer Hosentasche zupfen, um zu sehen, ob sie ein Pferdebonbon dabeihatte? Oder versteckte er sich etwa wieder, so wie er das als Fohlen manchmal getan hatte, bis sie ihn fand und ihm kichernd um den Hals fiel? Wie lange war das her? Zweieinhalb Jahre? Inzwischen war Ferdi allerdings erwachsener geworden. Und klug war er!

Gretas Schritte beschleunigten sich. Im Stall roch es nach frischem Heu. Es war warm. Kleine Staubkörnchen flirrten in der Luft. Die meisten Pferde malmten zufrieden auf ihrem Frühstück herum, einige hatte Alex am frühen Morgen auf die Koppel gebracht. Viele der Boxentüren standen offen. Das frische Stroh auf dem Boden duftete nach Sommer.

»Ferdi …!« Normalerweise antwortete er ihr mit einem Wiehern. Oder er schnaubte. Heute nicht.

In seiner Box war er ohnehin so gut wie nie. Sie war schon halb an seiner Tür vorbei, als sie ihn endlich sah. Er stand in der hintersten Ecke seiner Box regungslos vor seinem Heukorb. Greta wollte ihm gerade um den Hals fallen, da bemerkte sie das Mädchen, das dicht hinter ihm stand. Das musste Aurelia sein. Sie flüsterte etwas in Ferdis Fell, doch Greta konnte es nicht verstehen.

Gretas Augen brannten. Was machte Ferdi dort mit dem fremden Mädchen? Sie spürte, wie eine Welle von Enttäuschung sie überkam.

Die Neue

Aurelia war einen halben Kopf größer als Greta. Sie hatte eine süße Stupsnase, die sie soeben in Ferdis Mähne vergrub. Ihre Wangen schimmerten, als ob ein Hauch Goldstaub darauf läge. War sie tatsächlich geschminkt? Das Mädchen war ganz in Weiß gekleidet. Eine weiße Jeansjacke mit einem hellen T-Shirt darunter, weiße enge Jeans, die von einem silbernen Gürtel gehalten wurden. An den Füßen trug sie bestickte Stiefel aus weißem Leder. Ein dazu passendes weißes Lederband zierte ihr langes Haar. Sie sah aus wie eine merkwürdige Mischung aus Westernheldin und Prinzessin. Fehlte nur noch das Krönchen, dachte Greta.

»Hallo!«, sagte sie. »Willkommen auf unserem Pferdehof. Ich bin Greta. Und du bist bestimmt Aurelia.« Gretas Stimme klang heiser und unsicher, das spürte sie selbst. Und zitterte sie nicht sogar ein wenig?

Ferdi regte sich nicht.

»Ach, hallo, Ferdi!«, sagte Greta. Jetzt würde er gleich auf sie zukommen und sich endlich fest an sie schmiegen.

Das tat er aber nicht. Ferdi bewegte sich kein bisschen. Greta spürte, wie sich ihr Magen zusammenkrampfte. Aber das kam nicht von dem üppigen Frühstück, das sie heute zu sich genommen hatte. Das war die Eifersucht! Sie schluckte. Was war hier überhaupt los?

»Guten Tag«, sagte das Mädchen schlicht. Es sah sie nicht einmal an.

Greta hörte Aurelias piepsige kleine Stimme und fühlte sich sofort an Leni erinnert. Nur dass das fremde Mädchen ja wohl doppelt so alt war wie ihre kleine Schwester. Und mindestens drei Mal so nervig, das merkte Greta sofort.

Das Mädchen drehte sich nur unwillig zu Greta um und ließ dabei den Arm um Ferdis Hals liegen. Greta betrachtete sie wütend.

Aurelia hatte die schönsten Augen, die Greta jemals

gesehen hatte. Waren die wirklich hellgrün, wie bei einer Meerjungfrau? Ihre Haare waren blond wie heller Sand.

Aurelia lächelte süß. Trug sie ein besonderes rosafarbenes Gloss, oder konnte jemand wirklich von Natur aus solche Lippen haben? Ihr Mund sah wie ein Marzipanherzchen aus.

Jetzt bewegte sich das Marzipanherzchen. »Alex hat gesagt, dass ich Ferdi ruhig streicheln kann«, piepste das Mädchen.

Greta nickte. Streicheln ja, aber nicht auffressen, dachte sie. Ferdi schien überhaupt keine Notiz von Greta zu nehmen.

»Ich habe damals im Winter eine Woche lang vor dem Stall des Züchters gesessen, um Ferdi das Leben zu retten«, entfuhr es Greta. »Da war ich erst sieben!« Sie überlegte kurz. »Genauer gesagt, siebeneinhalb«, fügte sie hinzu.

»Uuh, das war bestimmt kalt«, sagte Aurelia tonlos. Alles andere hatte sie wohl gar nicht gehört. Wie kam es nur, dass sie Greta an ihre kleine Schwester erinnerte?

Ferdi hatte nun den Kopf geneigt und ließ sich die Mähne kraulen. Aurelia schien ihn ganz in ihren Bann gezogen zu haben.

»Vielleicht willst du zuerst mal dein Gepäck nach oben bringen und dir dein Zimmer ansehen?« Greta versuchte ihr Unwohlsein durch einen lockeren Ton zu überspielen.

Aurelia schüttelte ihr weiches Haar.

»Nö. Alex wird mein Gepäck rauftragen«, zwitscherte sie. »Hat er mir versprochen.« Sie schenkte Greta einen Blick aus ihren hellgrünen Augen. »Ich hätte auch gern so einen starken und großen Bruder wie du!« Sie lächelte.

Greta stöhnte. »Wenn du uns jetzt bitte entschuldigen würdest«, sagte sie und zupfte an Ferdis Mähne. »Ferdi muss zum Schmied. Jetzt gleich. Ich bringe ihn schon mal nach hinten.«

Das Problem war, dass Ferdi sich nicht vom Fleck rührte. Wusste er, dass das eine kleine Lüge war und dass er NICHT zum Schmied musste? Oder wollte er einfach lieber bei Aurelia sein?

Er stand in seiner Box wie festgemauert, lehnte sich ganz leicht an Aurelia und ließ keinen Zweifel daran, dass er hier bleiben wollte bis ans Ende der Zeit.

Aurelia kicherte. »Ferdi ist lieb.«

»Allerdings«, murmelte Greta. »Das fängt ja gut an.«

Dann schnappte sie sich eine Schaufel und eine Heugabel und begann, eine der vorderen Boxen auszumisten, die leer stand. Die metallenen Krallen der Heugabel kratzten über den Steinboden. Greta dachte an die Krallen einer riesigen Katze und konnte das Geräusch fast nicht ertragen.

Echter Verrat?

Als Carli am Nachmittag angeradelt kam, war Gretas Laune so übel geworden, dass sie nicht einmal mehr lächeln konnte. Carli war Gretas beste Freundin.

»Was ist denn hier los?«, fragte sie, als sie Gretas finstere Miene sah, und schmiss ihr Rad gegen den Zaun. »Miese Stimmung?«

Greta nickte. Sie hatte den ganzen Vormittag lang im Stall gearbeitet und dabei zugesehen, wie Aurelia mit Ferdi turtelte. Als Frau Windjammer endlich nach Aurelia gerufen hatte, weil sie ihr Gepäck ausräumen sollte, hatte Ferdi noch eine Weile allein in der Box gestanden und vor sich hin gestarrt. Dann war er zu Greta gestakst. Und er schien nicht einmal ein schlechtes Gewissen zu haben.

»Stell dir nur vor«, rief Greta und warf die Futterschippe in die Haferbox. »Aurelia geht mit ihren albernen Glitzerklamotten einfach in Ferdis Box und streichelt ihn. Und er lässt sie machen.« Sie schluckte. Kullerte jetzt sogar eine Träne über ihre Wange?

»Das kapier ich nicht«, murmelte Carli und nahm Greta in den Arm. Das war sicher nett gemeint, aber bei Carli fühlte sich eine Umarmung immer an, als ob sie einem die Knochen brechen wollte – vielleicht, weil sie vier kräftige ältere Brüder hatte. »Warum tut Ferdi so etwas? Er lässt sich doch sonst nicht gern von Fremden anfassen. Habt ihr euch vielleicht gestritten, Ferdi und du? So wie damals, als du dachtest, er hätte den ganzen teuren Biohafer gefressen?« Carli ließ sich auf die Futterkiste fallen.

»Nein, haben wir nicht!« Greta erzählte die ganze Geschichte noch einmal von Anfang an. Wie Ferdi sich plötzlich nur noch für diese Aurelia interessiert habe. Wie eigenartig sie sei und wie fein sie sich kleide. Das sei nicht normal, mit weißen Jeans und weißen Cowboystiefeln im Stall.

Sie hatten sich auf das Treppchen vor dem Reitstall verzogen, weil einer der älteren Reitgäste vor der Sattelkammer stand und offenbar nach dem Reitlehrer suchte. Carli, die ihren Kopf an die Wand des Schuppens angelehnt und während der ganzen Zeit schweigend zugehört hatte, schien plötzlich aufzuhorchen. »Weiße Cowboystiefel? Cool!«

Greta rollte mit den Augen.

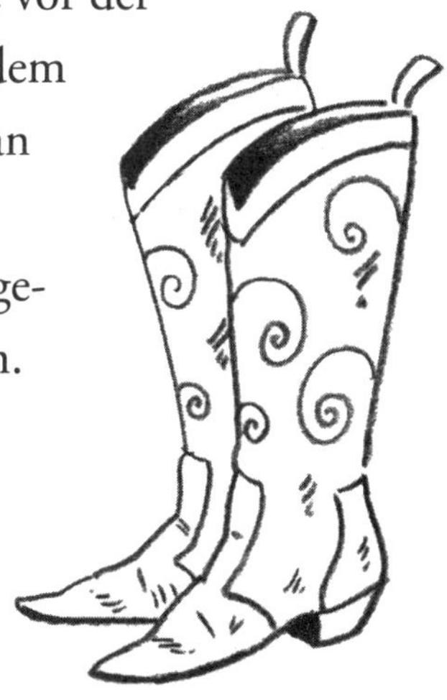

»Vielleicht leiht sie mir die mal.« Carli lächelte versonnen. »Was glaubst du, hat sie große Füße oder kleine?« Sie hielt ihre eigenen Füße hoch. Sie steckten in ausgetretenen alten Reitstiefeln, Größe 36. »Ich könnte auch in weißen Sachen herumlaufen, wie findest du die Idee?« Sie fuhr sich mit den Fingern durch ihre langen Strähnen. »Weiß steht mir bestimmt supergut! Es passt perfekt zu meinen Haaren.«

»Wie soll das denn gehen, Carli? Du hast kein einziges weißes Kleidungsstück, deine Unterhose vielleicht mal ausgenommen.« Greta wunderte sich immer wieder über die verrückten Ideen ihrer besten Freundin.

Carli zuckte beleidigt die Schultern. »Wo ist diese Aurelia überhaupt? Ich könnte sie ja erst mal nach den Stiefeln fragen. Ich meine, sie hat doch jetzt Ferdi, oder? Da kann sie uns auch was dafür geben.«

Greta sah ihre Freundin entgeistert an. »Sie HAT Ferdi? Wie meinst du das? Glaub nur nicht, dass ich Ferdi für irgendetwas auf der Welt eintauschen würde!«

»Warum nicht?«, fragte Carli spitz. »Man kann ohnehin niemanden festhalten. Sagt meine Mutter.«

Der ganze Tag war irgendwie verdorben. Greta mochte sich nicht weiter mit Carli unterhalten. Carli sprach nur noch von den weißen Stiefeln und wollte Aurelia unbedingt kennenlernen. Aber die war seit dem Mittagessen verschwunden. Während die meisten anderen Ferienkinder zum Spielen in die Dünen gegangen waren, hatten sich viele der Erwachsenen auf die große Wiese unter die raschelnden Bäume zurückgezogen und dösten in den weißen Liegestühlen oder schauten den Pferden beim Grasen zu. Nur zwei ältere Jungs, die mit ihren eigenen Pferden angereist waren, wollten trotz der Mittagshitze zu einem Ausritt aufbrechen.

Aurelia aber war nicht im Stall und nicht in ihrem Zimmer und sie saß auch nicht bei Frau Windjammer in der Küche. Diese Aurelia kann mir gestohlen bleiben, dachte Greta verdrossen. Sie ärgerte sich über Carli. Wenn wenigstens Ferdi hier wäre! Aber der war ebenfalls weg.

Den ganzen Nachmittag lang streifte Greta mit Carli über den Hof, aber weil sie Aurelia nicht finden konnten, verlor Carli am Ende die Lust und wollte lieber nach Hause.

»Ruf mich an, wenn sie wieder da ist!«, sagte Carli. Dann klaubte sie ihr Rad vom Boden auf, schwang sich darauf und radelte dem Dorf entgegen.

Greta stapfte traurig an den Stallungen vorbei und

schlug den Feldweg ein in Richtung Dünen. Es war fast Abend geworden und ein orangerotes Licht hatte sich über den Hof gelegt. Als Greta zu den kleinen Koppeln in der Nähe des Teiches kam, machte ihr Herz einen Hüpfer. Da stand er ja! Da war Ferdi! Und um ihn herum weideten die übrigen Pferde des Jonson-Reiterhofes. Das war wie immer. Ob vielleicht alles halb so schlimm war?

Greta spitzte den Mund. Manchmal reagierte Ferdi auf ein leises Zwitschern. Das klang zwar wie ein Küsschen und Alex und der Vater machten sich darüber lustig, aber Greta mochte es, ihr Pferd so zu rufen. Und Ferdi hatte es bisher auch immer gefallen.

Dieses Mal allerdings bewegte er nur leicht den Kopf und blickte Greta aus seinen sanften dunklen Augen an. Kein Wiehern, nichts. Er kam auch nicht auf sie zu. Und das hatte einen Grund. Er konnte nicht, denn Aurelia stand hinter ihm und klammerte sich an ihn! Sie hatte wieder ihre Arme um seinen Hals geschlungen.

»Auf deine Küsschen hört er wohl nicht mehr«, sagte plötzlich eine Jungenstimme hinter Greta.

Greta fuhr herum. Auf dem Zaun der Koppel saß Alex. Ihr Bruder trug seine neue Reithose und ein weißes Polohemd, und wie es aussah, hatte er sogar seine Strubbelhaare gekämmt. Für seine dreizehn Jahre wirkte er plötzlich sehr erwachsen, dachte Greta.

Sie musterte ihren Bruder. »Warum hast du dich so herausgeputzt? Sonst alles okay mit dir?«

»Alles bestens!« Alex lachte. »Schöner Abend heute.«

Er lachte etwas zu laut, fand Greta. Und etwas zu fröhlich. Und er lachte genau in Aurelias Richtung.

Jetzt blickte er zum Himmel hinauf. Die Sonne stand bereits tief.

»Ich wette, dass man heute Abend am Strand einen superguten Blick auf den Sonnenuntergang hat«, sagte Alex. Wieder etwas zu laut. »Da werde ich wohl mal hingehen.«

Greta sah ihn entgeistert an. »Seit wann interessierst du dich für Sonnenuntergänge?«

Alex lachte wieder. »Schon immer.«

Aurelia war nun komplett hinter Ferdi verschwunden. Alex legte den Kopf zur Seite und versuchte, sie zu erspähen. Spielten die beiden etwa Verstecken? Passierte hier irgendwas, von dem Greta ausgeschlossen war? Am liebsten wäre sie gleich davongelaufen.

Aber das war nicht nötig. Denn in diesem Augenblick rannte Aurelia bereits davon. Sie war hinter Ferdi hervorgetreten, etwas unbeholfen über den Zaun geklettert und flitzte zum Hof und ins Haus zurück. Fast sah es aus, als ob sie flüchtete. Aber wovor hatte Aurelia Angst?

Was für ein verrückter Tag! Immerhin war Aurelia jetzt weg und ließ Ferdi vorerst in Ruhe. Oben in ihrem Zimmer wurde gerade das Fenster geschlossen. Das war gut. Sollte sie nur möglichst lange dort bleiben. Am besten gleich die ganzen Ferien.

Und dann geschah etwas, das Greta kaum fassen konnte: Ferdi zog sich auf die andere Seite der Koppel zurück. Er nahm Anlauf, galoppierte an, setzte mit einem gewaltigen Sprung über den Koppelzaun und sauste Aurelia hinterher. Greta bekam ein Stück hochwirbelnde Grassode an die Stirn. Ferdi fiel in Trab und dann in einen majestätischen Schritt und klapperte langsam über den Hofplatz auf das Haus zu. Schließlich verschwand er durch die Haustür in den Flur.

»Ferdi! Bleib hier! Du weißt, dass du nicht ins Haus gehen sollst!« Aber Ferdi gehorchte nicht.

Schreck am Morgen

Greta schlief unruhig in dieser Nacht. Sie träumte von Ferdi und davon, dass er ihr etwas sagen wollte, aber nicht konnte. Dann wachte sie plötzlich auf. Es war sehr warm in ihrem Zimmer. Die Sonne brannte mit aller Kraft auf die dicken gelben Vorhänge. Lärm ertönte von draußen. Bollerte etwa Ferdi mit den Hufen gegen ihre Zimmertür? Nein, das war Frau Windjammer und sie schnarrte noch durchdringender als sonst. »Greta, steh sofort auf, es ist etwas Schreckliches passiert! Ein paar Kinder sind vom Hof weggelaufen. Bitte, komm schnell!«

Greta war mit einem Sprung auf den Füßen. Gehörte das noch zu ihrem Albtraum oder war Frau Windjammer wirklich in Panik? Greta zog sich Reithose und T-Shirt über und schaute auf die Uhr, während sie in die Reitstiefel schlüpfte. Es war schon Viertel nach neun. Sie war wie benommen.

Draußen standen einige der Feriengäste in Grüppchen zusammen. Die beiden größeren Jungen unterhielten sich leise darüber, wann sie die vermissten Kinder zuletzt gesehen hatten. Als Greta aus dem Haus gerannt kam, sahen alle sie an, als ob sie die Antwort wüsste.

»Leni ist weg!«, rief Alex. »Ich wollte sie heute Morgen wecken, aber sie war anscheinend schon aufgestanden. Ich dachte, dass sie im Stall wäre …«

Leni im Stall? Greta schüttelte den Kopf. Ihre kleine Schwester hatte mit Pferden nicht viel im Sinn, statt zu reiten, spielte sie lieber mit Puppen.

Alex stockte der Atem. »Und Aurelia ist auch weg!«

Frau Windjammer war ganz blass geworden. »Sie ist nicht beim Frühstück gewesen. Aber das habe ich leider nicht sofort bemerkt. Die viele Arbeit …« Sie hatte offenbar ein schlechtes Gewissen und vor lauter Sorge tiefe Falten um ihren Mund. »Sie könnten seit Stunden fort sein! Nicht auszudenken, wenn etwas passiert ist!«

Jetzt wollte Alex wissen, ob die beiden Mädchen Greta vielleicht gesagt hätten, wo sie hinwollten. So unter Mädchen, meinte er.

Aber Greta schüttelte wieder den Kopf. »Unter Mädchen ist gut! Leni redet ja nur mit ihren Puppen, das weißt du doch selbst. Und Aurelia …« Sie machte eine Pause. Jetzt, wo Aurelia verschwunden war,

wollte sie doch etwas Nettes über sie sagen. Nur, dass ihr nichts einfiel. »Sie hat nie mit mir geredet«, murmelte Greta. »Ich weiß nicht, wo sie sein könnte. Vielleicht hat sie sich irgendwo versteckt, weil sie Heimweh hat?«

Frau Windjammer strich sich erschöpft die Haare aus der Stirn. »Nein, das kann es nicht sein! Sie hat sich hier doch ganz wohl gefühlt, nicht wahr?«

»Ich frage mich, was es zu bedeuten hat, dass Leni und Aurelia gleichzeitig weggegangen sind«, sagte Alex. »Leni ist ja fast noch ein Baby und Aurelia eher eine junge Frau! Die können doch gar nichts miteinander anfangen!«

Frau Windjammer stemmte die Fäuste in die Seiten. »Nun übertreib mal nicht, Alex. Leni ist sechs Jahre alt und eigentlich ein vernünftiges kleines Mädchen. Und Aurelia ist ein Kindskopf, wie die meisten hier. Sonst wäre sie ja schließlich nicht weggelaufen! Ich frage mich, wo sie jetzt ist. Ob sie sich vielleicht verirrt hat? Der Hof ist groß und in den Scheunen kann man schon einmal den Überblick verlieren. Vielleicht ist sie auch einfach ins Gelände hinausgerannt? Da kann sie fast überall sein.«

Frau Windjammer überlegte laut, ob sie nicht besser die Polizei benachrichtigen sollten. Oder ob die Kinder nur beim Spielen die Zeit vergessen hatten?

Alex schlug vor, dass sie genau eine halbe Stunde lang nach Leni und Aurelia suchten, danach würden sie die Polizei informieren und Aurelias Mutter und ihre eigenen Eltern anrufen.

Frau Windjammer nickte unglücklich. »Da bin ich schon mal allein mit euch hier und dann passiert so etwas!«

Greta stöhnte. Wenn Leni oder Aurelia hier irgendwo waren, dann würde Ferdi die beiden finden können, da war sie sich ganz sicher. Er hatte einen verlässlichen Instinkt und würde sofort wissen, was los war. Komisch nur, dass er noch nicht zu Greta auf den Hofplatz gekommen war. Ob er wohl ein schlechtes Gewissen hatte, weil er Greta am Vortag links liegengelassen hatte?

»Ferdi kann suchen helfen!« Greta rannte in den Stall und wusste doch bereits, dass er nicht hier war. Als sie wieder hinausflitzte, wäre sie fast mit Alex zusammengestoßen.

»Du hast es schon bemerkt?«, fragte er. »Ferdi ist auch weg. Ich wollte es vorhin vor den übrigen Gästen nicht sagen, um sie nicht noch mehr zu beunruhigen. Aber ich dachte, dass du es sowieso bald herausfinden würdest!«

Greta blickte an den Scheunen vorbei in Richtung Meer und kniff die Augen zusammen. Hinten auf dem Dünenweg näherte sich ein kleiner dunkler Punkt. Konnte das Ferdi sein? Aber warum bewegte er sich so langsam? Warum kam er nicht auf Greta zugaloppiert wie sonst immer?

Manche der Feriengäste, die unschlüssig auf dem Hof standen, weil sie nicht wussten, wie sie helfen konnten, starrten in dieselbe Richtung. Einige von ihnen hatten ihre Pferde aus den Boxen geholt. Sie hatten sich offenbar gerade für einen Ausritt im Hof versammelt, ehe die Nachricht vom Verschwinden der Mädchen eingetroffen war.

»Man kann nicht erkennen, ob es dieses komische braune Pferd ist und ob jemand darauf sitzt«, murmelte eine Frau, die hier mit einer ganzen Kinderschar und ihrem dicken Mann Ferien machte. »Vielleicht hat ja das Tier die Kinder gefunden!«

»Unsinn, du liest zu viel!«, entgegnete der Mann und zog den Gurt seines Pferdes kräftig nach. »Pferde können keine Kinder finden, nur Polizisten können das. Oder spezielle Hunde. Ich denke, man sollte endlich etwas unternehmen.«

»Moment, darf ich mal kurz?« Greta drehte sich zu dem Mann um und wand ihm die Zügel des Pferdes aus den Händen. Im gleichen Augenblick war sie aufgesessen.

»Halt!«, rief der Mann. »Ich wollte gerade ausreiten! Das ist das einzige Pferd hier, das mich tragen kann!« Aber da war Greta schon vom Hof galoppiert.

Das verblüffte Pferd, eine riesige cremefarbene Stute namens Fridolina, schien ganz begeistert zu sein, endlich mal zeigen zu können, was in ihr steckte. Sie brauste los wie der Wind. Keine zwei Minuten später hatten sie Ferdi erreicht, der tatsächlich am Ende des Dünenpfads in Richtung Hof dahintrottete.

»Ferdi!«

Er stapfte durch die Dünen und hielt den Kopf erhaben wie ein Prinz. Offenbar war er auch noch stolz darauf, dass er mit den Mädchen alleine unterwegs war. Er schnaubte triumphierend. »Schau her, ich habe die beiden gut zurückgebracht!«, sollte das wohl heißen. Hinter ihm hüpfte Leni, die ihre beiden Puppen bei sich trug. Sie lachte glücklich.

Greta glitt von Fridolina herunter und nahm ihre kleine Schwester fest in die Arme. Sie war so froh, Ferdi und Leni gesund wiederzusehen.

Aurelia folgte den beiden in einigem Abstand. Sie hatte gerötete Wangen und lachte ebenfalls. Und das, obwohl sie sich sichtlich mit ihrem kleinen rosa Koffer abmühte, den sie über den Dünenpfad schleppte. Was sollte das denn? Seit wann ging man in die Dünen, um sich zu schminken? Heute war Aurelia ganz in Hellblau gekleidet, sie sah fast aus wie ein Dünenveilchen. Ihre Haare glänzten, frisch gekämmt wie immer, und rechts und links blitzten zwei blaue Haarspangen in Form von Herzchen.

»Hallo«, sagte Aurelia.

Greta zog nur die Augenbrauen hoch, aber darauf reagierte Aurelia nicht. Sie war stehen geblieben und jetzt damit beschäftigt, ihre hellblauen Söckchen mit dem Spitzenrand hochzuziehen.

»Wo zum Teufel warst du, Leni?«, fragte Greta ihre Schwester nun ein wenig vorwurfsvoll. »Der ganze Pferdehof steht kopf, weil du mit Aurelia verschwunden bist. Warum hast du nicht Bescheid gesagt? Du weißt doch genau, dass du nicht einfach mit einem

Ferienkind vom Hof abhauen sollst.« Ihre Stimme zitterte und sie konnte nicht anders, als Leni über den Kopf zu streichen. »Geht es dir gut?«

Leni runzelte ihre kleine Stirn. »Wieso? Aurelia und ich haben doch nur in den Dünen gespielt! Ferdi ist einfach mitgekommen. Zum Mittagessen wollten wir wieder zurück sein.« Leni suchte Aurelias Blick und beide Mädchen strahlten. »Aurelia ist meine Freundin! Sie hat jede Menge Puppen.«

Schöne Kleider

Als Greta mit Leni und Aurelia und den beiden Pferden zum Reiterhof zurückgelaufen kam, sah sie schon von weitem, wie Frau Windjammer, die Hände in die Seiten gestemmt, sie erwartete. Doch dann räusperte sich die knorrige Haushälterin, verzichtete auf eine Strafpredigt und schüttelte nur den Kopf. Sie nahm Leni das Versprechen ab, so etwas nie wieder zu tun.

Am Nachmittag kam Carli auf ihrem alten Fahrrad herangeeiert. Gretas Stimmung war wieder mal auf dem Tiefpunkt. Sie stand in der Sattelkammer und wusch das Zaumzeug mit Sattelseife. Wütend, wie sie war, drückte sie den nassen Schwamm so sehr, dass ein Großteil des Wassers auf den Boden tropfte. Aber das schien ihr egal zu sein.

»Wo ist Ferdi?«, fragte Carli. »Du siehst so verlassen aus ohne ihn!«

Greta nickte traurig. »Er steht auf der Koppel. Und Aurelia sitzt auf dem Zaun und bewundert ihn. Ich fürchte, das kann ich ihm nicht bieten. Ich muss hier schließlich auch noch meine Arbeit machen.« Greta schluckte. Gleich würde sie anfangen zu weinen, das spürte sie.

»Gib her, ich helfe dir«, sagte Carli und nahm Greta ein Halfter aus der Hand. Dann tauchte sie den Schwamm in Wasser, nahm etwas Sattelseife aus der großen Metalldose auf und rieb so lange auf dem Leder herum, bis sich ein feiner bräunlicher Schaum bildete.

Greta hatte sich auf die große Holzkiste gesetzt und beobachtete verdrossen, wie ihre Freundin einen zweiten Schwamm aus dem Wassereimer fischte, ihn ausdrückte und den Schaum damit wegrieb. Carli schwieg bei der Arbeit. Sie griff nach einem weichen Lappen und wienerte das Leder trocken und glänzend. Mit schräggelegtem Kopf begutachtete sie das Halfter, lächelte, hängte es an die Wand und griff nach dem nächsten.

»Das nervt«, platzte Greta plötzlich heraus. »Aurelia treibt sich ständig in Ferdis Nähe herum und versucht sich bei ihm einzuschmeicheln. Und dass sie mit Leni zusammen Puppen spielt, ist doch seltsam. Mit zwölf! Irgendwas stimmt nicht mit der.«

Carli rieb mit dem Schwamm wieder über die glatte Oberfläche der Sattelseife und machte sich über ein altes, besonders dreckverkrustetes Halfter her. Der graue Schaum floss über ihre Hände. »Quatsch. Du bist nur eifersüchtig. Aurelia ist eben was Besonderes, das ist alles! Vielleicht mag sie einfach kleine Kinder gern, könnte doch sein, oder?«

Greta schien das gar nicht gehört zu haben. »Ferdi ist völlig hin und weg von ihr. Stell dir nur vor – er BEWACHT sie neuerdings. Er weicht nicht von ihrer Seite. Er ist doch kein Hund!«

»Hast du gesehen, dass Aurelia sogar passende Söckchen zu ihrem Outfit anhatte?«, fragte Carli.

Greta biss sich auf die Lippen. »Ja, ja. Hab ich gesehen! Und wie die beiden großen Gastjungen sie anstarren, hab ich auch gesehen. Das war sogar Ferdi zu viel. Ich glaub, er hat versucht, die beiden zu knuffen. Als ob er Aurelia beschützen wollte. Das versteh ich echt nicht.« Ihre Stimme wurde immer leiser.

Carli druckste herum. »Ich finde Aurelia eigentlich ganz nett. Ich hab sie vorhin auf dem Hof getroffen und sie gefragt, ob ich ihre weißen Stiefel und vielleicht sogar ihre Lederklamotten mal anziehen darf. Und stell dir vor – ich darf sie zum nächsten Stockbrotfest tragen! Sie will sich dafür meine alte Jeans und mein olles T-Shirt ausleihen.« Carli wand sich. »Meinst du, ich könnte dazu eines von euren weißen Pferden haben? Dann wäre ich ganz in Weiß!«

Das Stockbrotfest! Greta hatte es ganz vergessen. Wenn das Wetter gut war, und das war es in diesen Tagen, ritten sie zweimal im Monat abends mit den Feriengästen an den Strand. An einer bestimmten Stelle machte der Strandvogt dann ein Feuer und alle Gäste der umliegenden Reiterhöfe versammelten sich dort, um zu feiern. Man konnte kleine Stöckchen mitbringen und sie mit einem Teig umwickeln, den Frau Windjammer eigens vorbereitete. Dann hielt man das Stöckchen ins Lagerfeuer, bis der Teig einen warmen würzigen Duft verströmte und ganz braun und knusprig war. Dazu gab es selbstgemachte Holunderbrause oder, für die ganz kernigen Reiter, Wasser aus der Lederflasche, die einige der Westernreiter am Sattel trugen. Manchmal hatte auch jemand eine Gitarre dabei und sang. Besonders die Teenager auf dem Pferdehof waren ganz aufgeregt, wenn das Stockbrotfest sich näherte, denn dort trafen sie auch Jugendliche aus den großen Pferdehotels und von den anderen Reiterhöfen. Die fremden Jugendlichen waren anscheinend interessanter als diejenigen, mit denen man tagelang Ställe ausgemistet hatte, vermutete Greta. Sogar Alex, der sich früher immer davor gedrückt hatte, die Reitgruppe zum Fest an den Strand zu führen, hatte neuerdings Gefallen an den Lagerfeuern gefunden.

Auch Greta liebte diese Abende. Es war wunderschön, dann mit Ferdi in der Dämmerung zum Strand zu reiten. Und Greta mochte das Feuer, sie saß gern an seinem Rand und träumte. Das Beste aber war der Weg zurück nach Hause, wenn es bereits ganz dunkel war. Dann ritten sie immer am Wassersaum entlang. Ferdi hatte überhaupt keine Angst vor den schäumenden Wellen, er fand sich ausgezeichnet zurecht und war trittsicher. Wenn sie so ganz allein am Strand dahintrabten, hatte Greta schon manches Mal eine Sternschnuppe gesehen. Dann hatte sie sich meistens einfach gewünscht, dass alles so blieb, wie es war. Und Ferdi, da war sie sich sicher, wünschte sich das Gleiche. Er war genauso glücklich gewesen wie sie.

»Eigentlich habe ich keine Lust darauf, diese Au-

relia auch noch am Lagerfeuer sitzen zu sehen, wie ihre Haare glänzen und allen vor lauter Bewunderung der Mund offen stehen bleibt«, murrte Greta. Sie war aufgestanden und hatte eine Trense und einen Lappen zur Hand genommen. Gut, dass Carli ihr half. Und noch besser, dass sie darüber offenbar ihren Wunsch nach einem weißen Pferd vergessen hatte.

Carli lachte und hängte ein weiteres fertigpoliertes Halfter an seinen Haken. »Keine Sorge«, sagte sie. »Sie will angeblich gar nicht mitkommen.«

»Was? Sie kommt nicht mit? Warum denn nicht?«

Carli wuchtete einen Sattel von der Wand und legte ihn auf den Pflegebock. »Ganz einfach. Sie kommt da gar nicht erst hin. Sie kann nämlich nicht gut reiten!« Carli hielt inne. »Sie hat es mir vorhin erzählt. Eigentlich kann sie fast gar nicht reiten. Sie hat nur ein einziges Mal im Leben auf einem Pony gegessen. Da war sie drei.« Carli hielt einen dünnen Lederlappen gegen das Licht. »Und das Pony wurde am Halfter gehalten und lief im Kreis. Es war auf einem Jahrmarkt.«

Greta brauchte eine Weile, um diese Nachricht zu verdauen. Konnte das wirklich möglich sein? Warum machte ein Mädchen Ferien auf einem Reiterhof, wenn es nicht reiten konnte? Und warum konnte Aurelia nicht reiten, wo sie doch angeblich Pferde so sehr liebte? Greta grübelte und grübelte, und als Frau Windjammer zum Abendessen rief, dachte sie immer noch nach.

Carli verabschiedete sich, und Greta ging in die Küche, um Frau Windjammer noch ein wenig zur Hand zu gehen.

Als Greta aus dem Küchenfenster blickte, konnte sie in der Ferne Aurelia sehen. Sie hockte bei Ferdi auf dem Koppelzaun. Rechts und links neben ihr lehnten Carli und Leni.

Wenigstens ist Alex nicht bei ihnen, dachte Greta wehmütig. Vielleicht ist er zur Vernunft gekommen.

Doch Alex hockte fünf Meter weiter auf dem gleichen Zaun. Er saß so, dass er Aurelia direkt ins Gesicht sehen konnte. Greta spürte sein Lachen und das Wiehern von Ferdi bis in ihr Herz hinein. So allein hatte sie sich niemals zuvor gefühlt.

Die Reitstunde

Die Tage verliefen einförmig. Greta machte ihre Arbeit und versuchte Aurelia wie Luft zu behandeln. Am Samstag war eine Gruppe von Kindern mit ihren Eltern ganz früh am Morgen zu einem Ausritt aufgebrochen. Als Greta an diesem Tag auf den Hofplatz trat, zeigte ihr das Getrappel der Hufe auf dem kleinen Dünenpfad an, dass diese erste Gruppe gerade zurückkehrte. Der Platz lag in gleißendem Sonnenlicht. Es war noch wärmer geworden als in den Tagen zuvor und es wehte kaum Wind.

Da hörte Greta plötzlich eine Stimme, die von der Reitbahn hinter dem Hauptgebäude herzukommen schien. War das Alex? Warum war er nicht mit ausgeritten? Greta konnte sich nicht vorstellen, dass er um diese Zeit schon etwas an der Reitbahn zu tun hatte. Die meisten Feriengäste benötigten gar keine Reitstunden mehr. Eigentlich benutzten die Jonsons die Bahn nur, wenn eines der Ferienkinder voltigieren wollte. Oder wenn der Reitlehrer fand, dass ein Gast noch Feinschliff beim Reiten benötigte, etwa, weil er seinem Pferd keine deutlichen Hilfen gab. Vor einiger Zeit hatte es wochenlang gestürmt und es war ein Platzregen nach dem anderen niedergegangen. Damals war es gut gewesen, dass sie die Bahn hatten und im Trockenen ihre Runden drehen konnten. Aber Reitstunden? So früh und bei dieser Hitze?

»Du musst dich tiefer in den Sattel hineinsetzen«, hörte Greta Alex nun rufen. »Komm, versuch es einfach mal! Das wird schon!«

Greta verstand zwar nicht, was die piepsige Stimme daraufhin antwortete, aber sie wusste sofort, wer das war. Aurelia, natürlich! Sie konnte nicht reiten, also nahm sie eine Reitstunde. Komisch nur, dass Alex dafür Zeit fand, wo er doch angeblich jetzt so viel zu tun hatte, seit die Eltern verreist waren.

Greta lehnte sich an die Bande der Reitbahn. Die war so niedrig, dass sie seit diesem Sommer hinüberschauen und sogar das Kinn auf ihre Hände legen konnte. Doch Alex und Aurelia bemerkten sie gar nicht. Und auch Hansi, das riesige alte Schulpferd, auf dem Aurelia saß, schien hochkonzentriert zu sein. Er war stets die Ruhe selbst, hatte schon die unterschiedlichsten Ferienkinder auf seinem Rücken getragen und war daher einiges gewohnt. Als Shire Horse war er wie ein Fels in der Brandung.

Greta seufzte. In diesem Moment stupste jemand sie von hinten an.

Das war Ferdi!

Greta drehte sich zu ihm um. »Na, hat dich Aurelia jetzt ausgebootet?«, flüsterte sie in seine Mähne. Aber Ferdi schüttelte nur seinen Kopf. Er starrte auf die Bahn und verfolgte jeden von Hansis Schritten mit wachem Blick.

Aurelia war wie immer perfekt gekleidet, heute trug sie ein minzgrünes Hemd, rosafarbene Reithosen und beige Reitstiefel. Greta hätte nicht gedacht, dass es jemanden gab, der so viel Wert auf sein Äußeres legte. Aber eine gute Figur machte Aurelia trotzdem nicht auf Hansis Rücken. Sie wirkte völlig verkrampft und hielt sich mit hochgezogenen Schultern am Sattel fest. Die Zügel hingen seitlich schlaff am Pferd herunter. »Bitte langsamer!«, rief sie ängstlich. »Ich glaube, ich muss mir mal die Nase putzen!« Ihre Stimme zitterte.

Bildete Greta sich das nur ein, oder schob sie tatsächlich die Unterlippe vor, so wie Leni das immer tat, bevor sie anfing zu heulen?

»So geht das nicht. Du bist nicht locker genug!«,

stellte Alex nun fest. »Aber ansonsten machst du das natürlich schon ganz ausgezeichnet. Wirklich toll, Aurelia!«

Greta wunderte sich, wie nachsichtig er sein konnte.

»Das Pferd ist nicht das richtige für mich!«, jammerte Aurelia. »Ich habe Angst. Hansi ist so riesig. Er ist einfach gruselig! Ich könnte auf einem kleineren und zierlicheren Pferd viel besser reiten.«

Konnte es sein, dass sogar Hansi verstand, was Aurelia sagte? Jedenfalls duckte sich das alte Schulpferd und setzte nun vorsichtig einen Fuß vor den anderen, als ob er eine kostbare Last auf dem Rücken tragen würde. Hansi schnaubte.

Greta hatte die ganze Zeit schon etwas sagen wollen. Seit Ferdi einträchtig neben ihr stand, schien ihre alte Kraft wieder zu ihr zurückgekehrt zu sein. Ferdi stupste sie immer wieder mit der Nase an. Wollte er sie vielleicht ermutigen? »Auf einem kleineren Pferd ist es auch nicht leichter!«, rief Greta jetzt quer über die Reitbahn. »Eher schwerer!«

Alex fuhr zu ihr herum. »Stimmt!«, rief er. »Nur, dass dich niemand gefragt hat, Greta!«

Aurelia zuckte vor Schreck zusammen. Sie ließ die Zügel los und es hätte nicht viel gefehlt, und sie wäre von Hansi hinuntergefallen. Das alte Pferd aber schien ihre Unsicherheit zu spüren und machte einen hastigen kleinen Seitschritt, um sie am Hinunterrutschen zu hindern.

»Vielleicht hast du doch Recht, Aurelia«, lenkte Alex ein. »Hansi ist wirklich etwas grob. Vielleicht versuchst du es mal mit Ferdi, den magst du doch?«

Hatte Greta sich verhört? Konnte es sein, dass ihr Bruder dem fremden Mädchen soeben Ferdi zum Reiten angeboten hatte? »Du weißt, dass Ferdi kein Schulpferd ist«, schnappte Greta zurück. »Und im Übrigen ist er MEIN Pferd. Ich verleihe ihn nicht!«

Aurelia schob die Unterlippe wieder vor, schwieg jedoch.

Alex grinste. »Anscheinend verleiht er sich selbst. Schau nur!«, rief er und deutete in Richtung Sattelkammer. Dann streckte er die Arme aus, um Aurelia vom Pferd zu heben.

Greta hatte es nicht sofort bemerkt, aber offenbar hatte Ferdi mitbekommen, dass Aurelia auf ihm reiten wollte. Er stand nicht mehr hinter Greta, sondern hatte sich klammheimlich davongemacht und wartete nun brav vor der Tür zur Sattelkammer. Greta kochte vor Wut.

»Oh, guck mal!«, rief Aurelia. »Ferdi will einen Sattel haben. Meine Freundin zu Hause hat einen rosa Sattel für ihr Pferd. Habt ihr auch so was?«

»Nein, leider nicht«, antwortete Alex. »Ein rosafarbener Sattel! So etwas habe ich noch nie gesehen!«

Aurelia errötete mädchenhaft. »Der Sattel ist auch nicht für ein so großes Pferd wie eure. Eher für ein winziges Pony. Leider kauft mir meine Mutter kein Pony. Sie will absolut nicht, dass ich eins habe. Ich soll mich lieber mit richtigen Pferden beschäftigen.«

»Aha«, sagte Alex verwirrt. »Vielleicht, weil du schon aus dem Ponyalter raus bist?«

Damit hatte er allerdings Recht, dachte Greta verdrossen. Aurelia war schließlich schon so groß wie ihr Bruder.

Hansi war inzwischen aus der Reitbahn getrottet und stand stumm neben Ferdi an der Tür der Sattelkammer. Es war beiden anzusehen, dass sie gegen einen rosafarbenen Sattel nichts einzuwenden gehabt hätten. Hauptsache, die liebliche Aurelia saß darauf.

Der Gedanke, dass jemand anderes als sie selbst auf Ferdi reiten sollte, behagte Greta gar nicht. Was sollte sie nur tun? Sie konnte sich ja schlecht zwischen die beiden werfen. Jetzt nur die Nerven behalten.

»Wenn du Angst vor einem Pferd hast, darfst du nicht gleich aufgeben und ein anderes Pferd nehmen«, riet ihr Greta nun. »Du musst dich gründlich mit deinem Pferd beschäftigen.« Sie versuchte, ihrem Gesicht ein Lächeln einzubrennen. »Vielleicht putzt du Hansi zuerst einmal? Dann bekommst du ein gutes Gefühl für das Pferd.«

Alex sah seine Schwester verblüfft an. »Wirklich gute Idee«, gab er zu.

Aurelia schien ernsthaft zu überlegen. »Eigentlich würde ich gern mal ein Pferd kämmen«, piepste sie.

»Striegeln«, korrigierten Alex und Greta sie wie aus einem Mund.

»Darf ich das denn?« Aurelias Wangen hatten sich vor Aufregung wieder gerötet.

»Klar«, sagte Alex. »Sehr gern sogar. Wir sind froh über jeden, der uns bei der Pferdepflege hilft.« Er zögerte und Greta sah, dass sich auch sein Gesicht leicht rötete. »Wenn du willst, zeige ich dir, wie es geht.«

Greta sah erleichtert zu Aurelia hinüber. Geschafft, diese List war ihr anscheinend gelungen.

Doch Aurelia zog ihre Stirn in Falten. »Verstehst du als Junge denn überhaupt was von Pferdefrisuren?«

Alex hustete. »Na ja, Frisur würde ich das bei einem Pferd vielleicht nicht nennen. Komm mit, wir gehen mit Hansi in den Stall, dort liegt alles, was man zum Striegeln braucht.«

Aurelia strahlte und folgte Alex. Greta sah den beiden verblüfft hinterher. Aurelia schien doch mehr für Pferde übrigzuhaben, als sie vermutet hatte. Dass sie diesmal lieber Hansi striegelte, als mit Leni zu spielen, fand Greta irgendwie nett. Jedenfalls kam ihr Aurelia schon eine Spur weniger zickig vor als in den vergangenen Tagen.

Badetag

Seit Aurelia auf dem Hof war, hatte auch Leni sich verändert. Während sie ihre große Schwester sonst meist wie Luft behandelte, hielt sie sich jetzt oft in ihrer Nähe auf und wollte ständig von ihr wissen, wo Aurelia sei.

»Warum läufst du nicht einfach den ganzen Tag lang wie ein Fohlen hinter ihr her?«, fragte Greta missmutig.

»Geht nicht. Ich bin ja leider oft mit meinen alten Freundinnen verabredet«, erwiderte Leni eifrig. »Und Frau Windjammer sagt, dass man alte Freunde nicht vergessen darf, nur weil man neue gefunden hat.«

An diesen tollen Leitsatz hätte auch Ferdi sich gerne mal halten können, dachte Greta traurig. Sie hatte ihn wieder seit Stunden nicht gesehen, glaubte aber nicht, dass er den Hof verlassen hatte und sich in den Dünen herumtrieb, was er manchmal gerne tat. Vermutlich stand er nur bei Aurelia herum und ließ sich von ihr bewundern oder streicheln.

Greta hatte heute wenig Lust, im Stall zu arbeiten. Sie musste sich regelrecht zwingen, ihre täglichen Pflichten hinter sich zu bringen. Danach hockte sie sich auf den Hofplatz, schlug mit ihrer Gerte gegen die Stiefelspitzen, beantwortete geduldig die Fragen der Gäste, die zu verschiedenen Ausritten aufbrachen, und erklärte einem kleinen Jungen, der ein Schulpferd am Zügel hinter sich herzerrte, dass ein Pferd ein Freund sei und kein Spielzeug.

Greta starrte vor sich hin. Die Sonne hatte die Pflastersteine auf dem Hof erwärmt, schon waren die Fugen dazwischen brüchig geworden und Ameisen hatten sich eine der Ritzen als Straße ausgesucht. Sie eilten geschäftig hin und her und trugen dabei kleine Samenkörner und winzige Blätter auf dem Rücken. Greta folgte der Ameisenstraße mit dem Blick. Da, wo sie begann, floss ein Rinnsal von schaumigem Wasser den Hofplatz entlang. Davor flüchteten die Ameisen also. Sie rannten vor dem Wasser davon. Mehr und mehr kleine Wasserläufe sprudelten hervor. Und auch der Schaum nahm zu. Allerdings war das kein gewöhnlicher Schaum. Er war pinkfarben. Und er kam vom Stall her.

Greta stand langsam auf und folgte dem Rinnsal zu seinem Ursprung, genau vor dem Sattelplatz. Sie riss

vor Schreck die Augen ganz weit auf, denn was sie da sah, war unfassbar.

Vor dem Stall stand Ferdi. Er war über und über mit dichtem, pinkfarbenem Schaum bedeckt. Oben auf seinem Kopf saß ein dicker Sahnetuff, wie eine rosa Mütze. Der Schaum sah aus wie Himbeereis und er roch auch so ähnlich. Greta musste sich fast die Nase zuhalten, so stark war der Geruch, irgendwie künstlich und sehr süß. Neben Ferdi stand Aurelia. An ihrem hellblauen T-Shirt hafteten kleine Schaumflöckchen, die Haare hingen ihr wild ins Gesicht, aber ihre Wangen waren rosig und ihre grünen Augen leuchteten. Sie hielt einen rosafarbenen Schwamm in der Hand, mit dem sie Ferdi offenbar komplett eingeschäumt hatte.

»Was soll das?«, rief Greta. »Spinnst du? Wenn man ein Pferd wäscht, nimmt man ein besonderes Pferdeshampoo! Was ist das für ein Himbeerzeug?«

»Hier!«, sagte Aurelia und reichte Greta eine rosafarbene Flasche. »Das ist mein

Haarshampoo. Es heißt ›Little Princess‹ und ist extra für ganz feine Haare. Meine Mutter hat es mir gekauft. Hansi ist zu grob für so was. Aber ich dachte, dass Ferdi sich vielleicht freut, wenn ich ihn schön mache!«

Greta konnte ihre Wut kaum zügeln. »Ferdi ist ein Pferd und kein Mädchen!«

Aurelia nickte unglücklich. »Ja, ja, ich hab auch schon gemerkt, dass das keine besonders gute Idee war. Der Schaum geht ziemlich schlecht wieder aus dem Fell heraus. Aber wenn wir ihn nachher kämmen wollen und ihm Perlen in die Mähne ziehen, dann muss er doch pieksauber sein.« Sie bückte sich zu einem rosa Täschchen, das offenbar ihr Kulturbeutel war, und holte eine weitere Flasche hervor. Die war golden. »Hier!«, sagte sie und reichte der verblüfften Greta die Flasche. »Ich wollte ihm später auch noch eine Haarpackung machen. Du hilfst mir doch bitte dabei?«

»Haarpackung?«, wiederholte Greta tonlos. »Und pieksauber?! Ein Pferd ist nie pieksauber. Seine Mähne und sein Fell müssen bestimmte Fette enthalten, sonst wird es krank. Und was soll das mit den Perlen?« Sie rannte in den Stall und holte den großen Wasserschlauch, mit dem normalerweise die Stallböden abgespritzt wurden und ganz selten auch mal ein Pferd, wenn es sich im Schlamm gewälzt hatte. Ferdi zuckte zusammen, als ihn der kalte Wasserstrahl traf.

»Armer Ferdi«, murmelte Aurelia. »Meinst du, ich kann ihm, wenn er fertig geduscht ist, die Haare flechten?«

Greta konnte sich kaum noch beherrschen. »Pass auf, dass ich dich nicht auch noch dusche«, zischte sie. »Und dir dann die Arme flechte!«

Da kam plötzlich Frau Windjammer um die Ecke gebogen. »Was ist denn das hier für ein Theater?«, schrie sie. Dann blieb sie stehen, holte tief Luft und schimpfte über Mädchen, die arme Pferde mit rosa Schaum quälten und dann mit eiskaltem Wasser abspritzten. Danach wechselte sie das Thema und keifte, dass Ferdi ohnehin nur Ärger machen würde. Das läge daran, dass er ein Wildpferd sei. Danach kam ihr Lieblingsthema an die Reihe, die Arbeit. Wer hatte die meiste Arbeit auf dem Pferdehof? Frau Windjammer. An wem blieb die ganze Verantwortung hängen? An Frau Windjammer. Und wer dankte es ihr, dass sie ihr Leben einem Pferdehof und einer verrückten Familie gewidmet hatte? Niemand. Ganz klar.

»Und jetzt geht und holt warmes Wasser aus der Küche. Mit dem kalten bekommen wir den Schaum doch gar nicht aus dem Fell. Beeilt euch!« Frau Windjammer war so aufgebracht, dass sie ganz rot im Gesicht geworden war. Doch Aurelia stand immer noch stocksteif vor Schreck neben Ferdi da und rührte sich nicht vom Fleck. Sie sah Greta hinterher, wie sie ins Haus rannte, und dann blickte sie beschämt zu Boden, wo der rosa Schaum inzwischen zusammengeschrumpft war und sich mit dem Wasser in eine rosabräunliche Brühe verwandelte. Was sie getan hatte, tat ihr ganz offensichtlich leid.

Wut und Tränen

Am Nachmittag stand Greta auf dem Hof vor dem uralten Backhaus und knetete für Frau Windjammer den Stockbrotteig. Eigentlich ging das mit der Küchenmaschine viel schneller als im Teigtrog, aber aus dem Küchenfenster hatte man nur Sicht auf die Pferdekoppel und nicht auf den Hofplatz und die Stallungen. Und Greta wollte beides momentan nicht aus den Augen lassen. Sie wollte zur Stelle sein, falls Aurelia sich wieder irgendeinen Blödsinn ausgedacht hatte. Immer und immer wieder spähte Greta umher.

Aber an diesem Nachmittag war Aurelia nicht zu sehen. Vielleicht hockte sie in ihrem Zimmer und spielte wieder mal mit Lenis Puppen. Obwohl Greta sie in den letzten Tagen nicht mehr dabei beobachtet hatte. Auch Alex ließ sich nicht blicken. Nicht einmal Leni war da. Ferdi streifte irgendwo in der Gegend herum und kümmerte sich nicht um sie. Warum hatte sich alles auf dem Pferdehof so schnell gewandelt? War Greta nicht glücklich gewesen? Und hatte sie Ferdi nicht für das treueste Pferd der Welt gehalten? Was war nur geschehen, dass plötzlich alles anders war?

Greta unterdrückte mit Mühe ein Aufschluchzen. Die Haare fielen ihr beim Teigkneten ins Gesicht und klebten dort an den Tränen fest, die sie vor lauter Enttäuschung vergoss. Da hörte sie das Quietschen, das meistens das Herannahen von Carli auf ihrem uralten Fahrrad ankündigte.

»Guck mal, wie ich aussehe!«, rief Carli und pfefferte ihr Rad gegen den Zaun. Sie schien Gretas Tränen gar nicht wahrzunehmen. »Ich bin schon fertig für das Fest heute Abend!« Sie drehte sich vor Greta im Kreis. »Aurelia hat mir all ihre Sachen geliehen. Na, wie sehe ich aus?«

Greta zog die Nase hoch. »Gut!«

»Du guckst ja gar nicht«, protestierte Carli.

»Du auch nicht«, antwortete Greta leise. »Du bist vielleicht eine Freundin.«

Carli zog ihre Augenbrauen zusammen. »Was soll das denn? Spinnst du?«

Greta knetete weiter. Sie knetete ihre ganze Wut in den Teig hinein.

»Los, sag, was du hast!« Carli hatte sich vorsichtig auf den Rand der Steinbank neben dem Teigtrog gesetzt, so dass die weiße Hose und die weiße Lederjacke nicht schmutzig wurden. Sie wippte lustig mit den Füßen in den weißen Cowboystiefeln. Offenbar hatte Aurelia ihr sogar das passende Lederband für die Haare geliehen. Nur die Ärmel der Jacke waren etwas zu lang. Jetzt sah Carli ein bisschen aus wie eine große Puppe. Ihre Wangen glühten. Die Sommersprossen waren noch dunkler geworden. Und sie hatte glänzende Laune. Carli stupste Greta ungeduldig mit dem Finger. »Bitte, erzähl mir, was dich so traurig macht.«

Greta schluckte. »Ferdi beachtet mich gar nicht mehr. Ich bin Luft für ihn. Er läuft nur noch hinter dieser bescheuerten Aurelia her.« Jetzt strömten die Tränen wie ein kleiner Bach ihre Wangen hinunter. Mit dem Kneten hörte sie aber nicht auf.

Carli schüttelte den Kopf, dann lehnte sie sich etwas zurück und versuchte, aus der engen Jeans ein Taschentuch hervorzupfriemeln. Endlich gelang es.

Greta nahm das Taschentuch schluchzend entgegen und schnaubte hinein. »Und alle sind doof zu mir!«

»So ein Unsinn!«, rief Carli.

»Niemand ist doof zu dir. Du bist selber doof. Du solltest dich mal sehen, wie du Aurelia behandelst. Was hat die dir eigentlich getan?« Sie hielt inne. »Und dass Ferdi sich von dir abgewendet hat, stimmt doch auch nicht. Er lässt sich nur gerne von Aurelia verwöhnen.« Carli bewunderte die Cowboystiefel an ihren Füßen und drehte sie hin und her.

»Doch, das stimmt, er kommt gar nicht mehr zu mir«, murmelte Greta und wischte sich mit dem Handrücken über die Wangen. In den vergangenen zweieinhalb Jahren war sie jeden einzelnen Tag mit ihm zusammen gewesen. Ferdi verstand sie, auch ohne dass Greta etwas sagen musste. Wenn sie Kummer hatte, dann tröstete er sie. Er schien genau zu spüren, was in ihrem Inneren vorging. Und er hatte sie auch noch kein einziges Mal abgeworfen. Aber wo war er jetzt, wo sie ihn wirklich brauchte?

Carli zuckte die Schultern. »Warum fragst du Ferdi nicht selbst, was er hat?«

Greta runzelte die Stirn. »Wie soll das denn gehen? Ferdi ist ein Pferd!«

»Ferdi ist dein Freund!« Carli lachte. »Oder gilt das nur, solange er sich brav verhält? Ferdi ist immerhin ein ganz besonderes Pferd, das behauptest du doch zumindest immer. Und er versteht alles, was du zu ihm sagst. Da kann er dir doch bestimmt irgendwie verständlich machen, was mit ihm los ist.«

Greta hielt mitten im Teigkneten inne und hörte Carli interessiert zu.

»Und was ist mit Aurelia?«, bohrte Carli weiter. »Hast du dich überhaupt mal mit der unterhalten?« Carli wartete die Antwort gar nicht erst ab. »Ich schon«, sagte sie. »Mehrfach sogar.«

»Und?«, fragte Greta zaghaft.

»Man kann prima mit ihr reden. Aber sie wirkt irgendwie ziemlich babyhaft, finde ich.«

»Babyhaft ist gut. Die ist zwölf. Und einen Kopf größer als du!« Greta hatte den Teig inzwischen zu einem dicken Klops zusammengeknetet, nun schnitt sie kleine Stücke davon ab, rollte sie zu Kugeln und warf sie energisch in eine Schüssel.

Carli lächelte. »Als ob das was mit der Größe zu tun hätte! Leni findet sie auch nett. Ich glaube, Leni kann mehr mit ihr anfangen als ich.«

Greta hörte nicht mehr zu. Sie warf eine weitere Teigkugel in die Schüssel und rief aufgebracht: »Und ich kann ÜBERHAUPT nichts mit ihr anfangen. Das ist und bleibt eine blöde Kuh.«

Carli wurde normalerweise nicht leicht wütend. Jetzt aber schien einer der seltenen Fälle zu sein.

»Du übertreibst, Greta. Und du tust ihr Unrecht. Du hast schlechte Laune. Deshalb haue ich jetzt wieder ab!«

»Meinetwegen«, knurrte Greta, ohne von ihrer Arbeit hochzusehen. Sollten sie doch alle hingehen, wo der Hafer wächst. »Und viel Spaß mit deiner neuen Freundin, dem Riesenbaby!«

Zu Gretas Verwunderung seufzte Carli nur, stand auf und schlenderte betont langsam über den Hofplatz. Dann sah Greta, wie Carli die blaue Eingangstür öffnete und ins Wohnhaus ging. Sie wollte also tatsächlich Aurelia besuchen.

Ein Fest

Am Abend herrschte Unruhe im Haus. Die Sonne war noch nicht untergegangen. Ihr schläfriges weiches Licht färbte den Hof rosa. Aber an diesem Abend waren noch keine Pferde dort zu sehen und der ganze Platz war menschenleer. Die Kinder und auch viele der Erwachsenen rumorten in ihren Zimmern, sie waren dabei, sich für das Stockbrotfest zurechtzumachen. Sie würden in kleinen Gruppen mit den Pferden zum Lagerfeuerplatz am Strand reiten und dort die Feriengäste von allen Reiterhöfen der Gegend treffen. Es war immer ein aufregendes Fest in wunderschöner Umgebung. Und für viele der jüngeren Kinder war es der einzige Abend während ihrer Reiterferien, an dem sie wirklich lange aufbleiben durften.

Aurelia war schon seit Stunden in ihrem Zimmer verschwunden. Wahrscheinlich braucht sie den ganzen Abend, um ihre Kleidung auszuwählen, dachte Greta wütend – bis das Fest vorbei ist.

»Hey, was macht Aurelia denn die ganze Zeit?«,

fragte sie Leni, die wie immer mit ihren Puppen im Haus herumsauste.

»Aurelia ist oben«, antwortete Leni knapp und setzte ihrer Lieblingspuppe eine Reitkappe auf. »Ich muss auch gleich wieder hoch zu ihr und ihr beim Frisieren helfen!«

Greta stöhnte. Sie selbst würde sich natürlich nicht extra hübsch machen, nur weil sie am Lagerfeuer sitzen würde. Sie war sich nicht einmal sicher, ob sie überhaupt zu dem Fest gehen wollte. Wer weiß, vielleicht wollte Ferdi ja lieber Aurelia dorthin tragen? Das könnte doch immerhin sein! Sie schluckte.

So rauschten die Duschen auf allen Etagen und kurze Zeit später brummten in sämtlichen Zimmern die Föhne.

Als Greta auf den Hofplatz trat, war es schon dämmrig geworden. Fast alle Pferde standen nun gesattelt vor dem Stall, nur Alex schleppte sich noch mit Ferdis Sattel ab. Ferdi stand etwas abseits von den anderen. Drehte er jetzt den Kopf weg, um nicht in Gretas Richtung schauen zu müssen, oder bildete sich Greta das nur ein? Sie hatte das Gefühl, als ob jemand ihr Herz getroffen hätte.

»Es ist dir doch recht, wenn Aurelia heute Abend Ferdi nimmt?«, fragte Alex. »Es wird ja gleich dunkel und sie fürchtet sich, wenn sie Hansi reiten muss. Er ist eben doch sehr groß und ungelenk!«

»Hat sie dir das gesagt?«, stieß Greta hervor. »Oder ist das auf deinem Mist gewachsen?« Greta trat wütend mit dem Fuß gegen einen Stein. Alex hob die Hand und suchte das Weite.

Über der Koppel war ein fahler Mond aufgegangen. Die Grillen zirpten und vom Meer her spürte man einen kühlen Wind. Ein Hauch von Feuchtigkeit lag in der Luft. Da hörte Greta plötzlich, wie Ferdi leise wieherte. Es war nur ein kurzes Geräusch, aber es berührte Greta in ihrem Innersten. Sie wusste sofort, was es bedeutete. Ferdi kam drei Schritte auf sie zu und stupste Greta vorsichtig an. Er wollte sie beruhigen. Greta streckte eine Hand aus und legte sie auf seine weiche Nase. Was auch immer in den vergangenen Tagen passiert war, er hatte ihr die Treue gehalten. Sie konnte ihn Aurelia überlassen, das würde an ihrer Freundschaft überhaupt nichts ändern. Zwischen ihr und ihm war alles gut. Das wollte Ferdi sagen. Sie hatte ihm wohl all die letzten Tage nicht richtig zugehört.

Greta plumpste ein dicker Stein vom Herzen. Und doch kam ihr die ganze Sache merkwürdig vor. Warum hatte sich Ferdi die ganze Zeit so eigenartig verhalten? Und wieso ließ er sich jetzt für Aurelia satteln? Er war doch sonst nicht zimperlich, wenn es darum ging, fremde Reiter abzuwehren. Sie musste daran denken, wie er einmal einen älteren Turnierreiter in hohem Bogen in die Luft geschleudert hatte, als der ihn reiten wollte. Andere wollte Ferdi gar nicht erst aufsitzen lassen. Greta hatte immer das Gefühl, dass Ferdi nur diejenigen Reiter erträglich fand, die auch ihre Freunde waren. Und warum dann Aurelia? Wo war sie überhaupt? Ob sie sich immer noch föhnte? Oder ob sie herumtrödelte, bis alle auf sie warteten, damit sie dann ihren großen Auftritt hatte? Greta hatte mal in einer Zeitschrift gelesen, dass manche Stars das so machten. Greta schmerzte der Kopf vom vielen Grübeln. Es war spät. Sie mussten bald losreiten.

»Hallo, Greta!«, piepste da eine kleine Stimme. Greta fuhr herum. Konnte das möglich sein? Vor ihr stand Aurelia. Ihre Haare trug sie zu einem Pferdeschwanz zusammengebunden. An den Seiten steckten zwei rosafarbene, herzförmige Spangen. Greta kamen sie irgendwie bekannt vor, aber sie wusste nicht, woher. Aurelia hatte tatsächlich die alten Jeans und das verwaschene T-Shirt von Carli angezogen. Sie trug sogar den kleinen Rucksack mit dem Entenmuster, den Carli nur deswegen noch nicht weggeschmissen hatte, weil ihre Mutter kein Geld für einen neuen hatte. Greta hätte nie gedacht, dass Aurelia Carlis alte Klamotten anziehen würde. Aurelia sah in Carlis Sachen aus wie ein echtes Pferdemädchen. Und man merkte ihr an, dass die Ferien auf dem Reiterhof ihr bislang gutgetan hatten.

»Du siehst, äh, interessant aus«, presste Greta hervor.

Aurelia nickte. »Ich finde es manchmal schön, unauffällig zu sein. In diesen Klamotten fühle ich mich hier bei euch viel wohler.«

»Tatsächlich?«, sagte Greta verwirrt. Konnte es wirklich sein, dass Aurelia von Tag zu Tag netter wurde?

»Kann ich bitte auf Ferdi reiten?«, fragte Aurelia nun. »Er beschützt mich immer!«

Greta kniff die Augen zusammen. Sie hatte gar nicht gemerkt, dass auch Ferdi herangestakst war. Nun aber stand er einträchtig neben Aurelia und schien Greta sagen zu wollen, dass er gut auf die große kleine Aurelia aufpassen würde. Und sonst nichts weiter.

Aller Augen ruhten auf Greta. Es war nicht ganz leicht, zu lächeln, aber dann klappte es doch. »Klar, ich wollte dir das auch gerade vorschlagen. Ferdi ist das beste Pferd, das du hier kriegen kannst.«

Aurelia sah glücklich aus. Während sie unbeholfen auf Ferdi kletterte, ging Greta zu Hansi hinüber und schwang sich auf seinen Rücken. »Los!«, raunte sie Hansi zu und drückte ihm die Hacken in die Flanken. Und tatsächlich setzte er sich flott in Bewegung. Greta sah, dass Alex und Aurelia die Truppe anführten. Dicht hinter ihnen folgte Carli. In ihrer strahlend weißen Lederjacke konnte Carli fast als Beleuchtungskörper durchgehen, dachte Greta. Seit Ferdi und sie sich versöhnt hatten, fühlte sie eine tiefe Ruhe.

Wie Greta es nicht anders erwartet hatte, waren die Ferienkinder von den anderen Höfen bereits am Strand versammelt. Der Strandvogt, der als Einziger dort ein Feuer anzünden durfte, hatte sich diesmal selbst übertroffen. Das Feuer war riesig. Greta öffnete ihren Rucksack und holte die große Plastikdose mit den Teigkugeln für das Stockbrot hervor. Auf einem breiten Brett, das vor langer Zeit als Strandgut angetrieben war, hatte die Frau des Strandvogtes schon die Teigschüsseln von den anderen Höfen aufgestellt. In einer alten Milchkanne steckten die Stöcke, die mit dem Teig umwickelt und dann ins Feuer gehalten werden sollten.

Ein Stückchen vom Feuer entfernt standen alle Pferde und zermalmten ein paar Extraportionen Heu, die sie bekommen hatten. Viele der Reiter hatten sich schon am Rand des Feuers niedergelassen. Andere streiften noch herum und hielten nach ihren Freunden Ausschau.

Greta stieg ab und führte Hansi zu den anderen

Pferden. Carli war zum Brett hinübergegangen, sie holte sich einen Becher mit dampfendem Tee. Dabei lenkte sie die Blicke der fremden Ferienkinder auf sich, die neugierig ihre weiße Lederkluft begutachteten.

Zwei Reiter aus der Nachbarschaft hatten ihre Gitarren mitgebracht und spielten zusammen, während sie Rücken an Rücken ganz nahe am Feuer saßen. Mehrere andere Ferienkinder standen etwas abseits und sahen zu den Sternen am tiefschwarzen Nachthimmel hinauf, die Luft duftete nach den ersten gebratenen Stockbroten. Greta entdeckte Alex, der sich offenbar immer noch um Aurelia bemühte. War er etwa in Sorge, dass sie beim Grillen ihres Stockbrotes ins Feuer fiel? So sah es fast aus! Und warum konnte sie sich nicht selbst ein Glas Saft holen?

»Hi, Greta«, sagte Carli plötzlich neben ihr. Bevor Greta etwas erwidern konnte, gab Carli ihr rechts und links ein Küsschen auf die Wange, als hätten sie sich nicht vor ein paar Stunden noch gesehen. Und zudem gestritten! »Ist es nicht wie-

der herrlich hier? Guck mal, wie hoch das Feuer diesmal brennt! Hast du schon ein Stöckchen reingehängt?«

Greta schüttelte müde den Kopf. Carli hatte sich neben sie in den Sand gehockt.

Greta blickte sich nach allen Seiten um. Wo war eigentlich Ferdi? Nachdem sie vom Hof losgeritten waren, hatte sie ihn aus den Augen verloren.

Da trat Alex von hinten an sie und Carli heran.

»Wisst ihr, wo Aurelia ist? Sie wollte sich noch was zu trinken holen und jetzt sehe ich sie plötzlich nicht mehr.« Seine Stimme zitterte.

Greta schaute ihren Bruder ruhig an. »Na und? Sie wird sicher jeden Moment wiederauftauchen. Du behandelst sie wie ein Kleinkind. Aurelia will hier Ferien machen und braucht keinen Babysitter!«

»Wer weiß?«, murmelte Alex. »In manchen Dingen kommt sie mir fast so klein wie Leni vor. Und du weißt ganz genau, dass wir die Ferienkinder nicht allein am Strand herumstreunen lassen dürfen. Bitte, lass sie uns suchen!«

»Ich verstehe das alles nicht«, nuschelte Greta. »Aber eines ist sicher: Wenn Aurelia wirklich vom Strand weggegangen ist, dann ist Ferdi ihr bestimmt hinterhergelaufen.«

Alex schüttelte den Kopf. »Der kann ihr nicht gefolgt sein. Sie hat ihn selbst angebunden. Schau, er steht dort drüben, in den Dünen.«

Greta sah hinüber und erspähte Ferdi inmitten der übrigen Pferde. »Gut, wir helfen dir, Aurelia zu suchen«, sagte sie dann erleichtert zu Alex.

Aber wo sie auch suchten, sie konnten das Mädchen nicht finden. Greta lief von einem Reiter zum anderen und fragte alle. Zuerst sagte sie noch, dass es ein Gastmädchen sei, das vermisst werde, dann aber hörte sie sich sagen, dass sie »nach einer Freundin« suche. Lächerlich, aber es war eben einfacher, das so auszudrücken.

Carli hatte sich die Leute auf der anderen Seite des Feuers vorgenommen, Alex suchte bereits die angrenzenden Dünen ab. Aber Aurelia war nicht in den Dünen, nicht in der Nähe des Lagerfeuers und auch nicht bei den Pferden. Sie war überhaupt nirgendwo.

Das Nirgendwohaus

Unterdessen hatte sich die Nacht mit Dunkelheit gefüllt. Der milchige Mond war hinter einer Wolke verschwunden. Vom Lagerfeuer erklang Gelächter zu Greta herüber. Die Gitarrenspieler zupften auf ihren Instrumenten und sangen mit tiefer Stimme.

Ferdi wieherte leise, als Greta sich ihm näherte. Er schien genau zu wissen, was sie von ihm wollte. »Wir müssen Aurelia finden«, flüsterte sie. »Ich weiß, dass du das kannst.«

Sobald sie es geschafft hatte, Ferdi loszubinden, schwang sie sich auf seinen Rücken. Viele Orte gab es nicht mehr, an denen Aurelia sein konnte. Ob sie etwa allein zum Reiterhof zurückgegangen war? Greta ritt direkt an der Wasserkante entlang in Richtung Hof.

Kleine Wellen umspielten Ferdis Fesseln. Es war mehr als unwahrscheinlich, dass Aurelia hier entlanggelaufen war. Der Strand war einsam und wirkte im Mondlicht beinahe unheimlich. Aber trotzdem wollte Greta es hier noch versuchen.

»Was meinst du, Ferdi, ob sie vielleicht mit irgendjemandem mitgegangen ist?« Greta spürte, wie diese Vorstellung sie frösteln machte.

Ferdi schnaubte. Dann blieb er plötzlich wie angewurzelt stehen. Greta glitt von seinem Rücken hinunter und umarmte seinen Hals. Es war einige Tage her, seit sie das letzte Mal so mit ihm dagestanden hatte. Seit Aurelia da war, hatte sich eben vieles verändert. »Bitte, Ferdi, sag mir, wo ist sie nur hin?«

Ferdi blieb einfach stehen. Aber der leichte Gegendruck seines Halses zeigte Greta, dass er nicht etwa träumte. Er war ganz wach. Und er wollte ihr etwas sagen.

Das Meer rauschte. In der Ferne grollten höhere Wellen. Greta musste daran denken, dass sie sich früher immer ein wenig davor gefürchtet hatte, wenn die Flut so schnell herannahte. Erst seit sie Ferdi hatte, war diese Angst verschwunden. Allerdings war Greta auch älter geworden. Mit zehn Jahren war man schließlich alt genug, allein am Strand herumzustreunen. Wieso traute Alex das Aurelia nicht zu? War sie nicht sogar zwölf Jahre alt?

Ferdi brummte leise. Das hatte er schon als kleines Fohlen immer gemacht, und auch jetzt, wo er fast ausgewachsen war, tat er es noch manchmal. Es klang wie ein leises Motorengeräusch. Aber er wollte sie damit nur beruhigen.

Greta stand am Strand, hielt sich an Ferdis Hals fest und starrte über das schwarze Wasser. Der Gedanke traf sie wie eine kühle Welle. Aurelia mochte vielleicht zwölf Jahre alt sein, aber sie benahm sich ganz anders als die Mädchen in Gretas Schule, die ein oder zwei Klassen über ihr waren. Manche von denen hatten nämlich angeblich schon einen Freund. Sie kicherten und flirteten – und spielten mit Sicherheit nicht mit ihren kleinen Geschwistern und deren Puppen.

Das war es! Warum war Greta nur nicht früher darauf gekommen!

Ferdi wieherte.

»Hast du deshalb immer auf sie aufgepasst und bist nicht von ihrer Seite gewichen, Ferdi, weil du gemerkt hast, dass sie in ihrem Innersten noch ein ganz kleines Mädchen ist?« Greta hielt sich in Ferdis Mähne fest und schwang sich auf seinen Rücken. »Schnell! Nach Hause. Wir fragen Leni. Ich wette, die weiß, wo Aurelia sich versteckt hält!«

Aber Ferdi rührte sich nicht vom Fleck.

Greta atmete schwer, so aufgeregt war sie. »Gut, dann zeig du mir, wo Aurelia sein könnte«, flüsterte Greta. »Du weißt es sicher auch, nicht wahr?«

Ferdi setzte sich sofort in Bewegung. Er verließ den Strand und schlug den Weg in Richtung der Wilden Wiese ein. Früher war Greta manchmal dorthin geritten, vor allem weil am Rand der Wiese eine verfallene Hütte stand. Sie gehörte niemandem. Sie wurde Nirgendwohaus genannt und man konnte herrlich darin spielen.

Greta schüttelte den Kopf. »Da kann sie nicht sein.

Sie kennt das Nirgendwohaus doch gar nicht! Und sie hat bestimmt viel zu viel Angst vor der Dunkelheit.«

Ferdi blieb sofort stehen und schüttelte sich widerspenstig.

»Schon gut, ich sage nichts mehr, du bestimmst die Richtung«, gab Greta sofort nach.

Ferdi wieherte leise. Offenbar hatte er tatsächlich vor, Aurelia beim Nirgendwohaus zu suchen.

Der Weg durch die Dünen war weit. Zudem hatte jetzt ein kühler Wind eingesetzt, der vom Meer herkam. Schon konnten sie die Stimmen der Leute am Lagerfeuer kaum noch hören, sie klangen wie fernes Gemurmel und schienen dann zu verstummen. Greta konnte fast nichts erkennen, da der Mond immer wieder von vorbeiziehenden Wolken verdeckt wurde.

Sie starrte so angestrengt in die Dunkelheit, dass ihre Augen brannten. War das ein Licht dort drüben? Oder spielte ihr die Fantasie einen Streich? Sie rieb sich die Augen. Das Gelände war hier sehr uneben. Außerdem wuchsen Büsche über den Trampelpfad. Greta musste aufpassen, dass sie nicht einen der Zweige wie einen Peitschenschlag ins Gesicht bekam. Sie senkte den Kopf und überließ es Ferdi, sich einen Weg zu bahnen. Er war vorsichtig und schritt langsam voran.

Da war wieder das Licht. Es flackerte zwar, aber es war jetzt ganz deutlich zu sehen. Es war das Licht einer Taschenlampe. Und es kam aus dem Nirgendwohaus. Greta spürte, wie ein Schauder über ihren Rücken kroch. Oder war das nur der kalte Wind? Sie krallte sich fester in Ferdis Mähne. Er antwortete mit einem beruhigenden Brummen.

Das Nirgendwohaus war eher eine Hütte als ein Haus. Vor langer Zeit mochte es irgendjemandem als Jagdhütte gedient haben. Aber seit Greta sich erinnern konnte, stand es immer leer. Das Nirgendwohaus war so groß wie eine Garage und aus grobem Holz gezimmert. Sein Dach war windschief und auch die Tür hing schräg in den Angeln. Bei Nacht war Greta hier noch nie gewesen.

Hinter der trüben kleinen Fensterscheibe brannte das Licht, das Greta schon von weitem gesehen hatte.

»Pst!«, machte Greta und schwang sich von Ferdis Rücken hinunter. Ferdi bleckte die Zähne und gab ein unterdrücktes Glucksen von sich. Bildete sie sich das nur ein, oder lachte er über sie? Er folgte ihr so dicht auf den Fersen, dass sie seinen hafersüßen Atem riechen konnte.

Zum Glück war das Nirgendwohaus von Gras umwachsen, so dass sie sich ihm fast geräuschlos nähern konnten. Greta schob sich vorsichtig an das Fenster heran. Sie wusste nicht genau, was sie vermutet hatte. Aber das, was sie nun sah, übertraf all ihre Erwartungen.

Aurelias Geheimnis

Auf dem zerschlissenen Sofa im Nirgendwohaus saßen Aurelia und Leni. Sie hatten ihre Taschenlampe an die Decke gehängt. Ihr schwankender Schein beleuchtete ein kleines Fest. Es war ein Fest von Puppen! Greta musste blinzeln. Sie erkannte die beiden Lieblingspuppen von Leni. Die anderen vier prächtig gekleideten Puppen gehörten offenbar Aurelia. Beide Mädchen hatten jeweils zwei davon an den Hüften gefasst und schwenkten sie über den Fußboden, dazu summten sie ein Lied.

Greta vermutete, dass der rosafarbene Lederkoffer auf dem Boden ein Haus sein sollte, jedenfalls piepste Aurelia nun mit ihrer feinsten Puppenstimme, dass sie müde sei und sich in ihre Gemächer zurückziehen werde. Lenis Puppenstimme antwortete, dass das aber ein echter Jammer sei. Dann warfen sie die Puppen in den Koffer. Sie waren so in ihr Spiel vertieft, dass sie nicht sofort aufblickten, als Greta die Tür öffnete.

»Oh, hallo«, piepste Aurelia und sah Greta mit großen Augen an.

Greta wäre Aurelia fast um den Hals gefallen, so erleichtert war sie, sie zu sehen. »Warum bist du vom Fest weggelaufen?«, fragte sie. »Wir haben dich alle gesucht!«

Aurelia presste zwei ihrer Puppen an sich und lächelte verlegen. »Oh, das tut mir leid. Dabei wollte Leni nur noch ein letztes Mal hier mit mir Puppen spielen. Das war doch immer so schön.«

Greta schüttelte den Kopf. »Und am Lagerfeuer zu sitzen und Stockbrot zu braten ist nicht schön?«

Aurelia zuckte die Schultern. »Doch, schon. Aber dort haben mir bloß alle blöd nachgeglotzt. Dabei hatte ich nicht einmal meine eigenen Klamotten an.«

Greta ließ sich erschöpft auf einen alten Holzstuhl fallen. Der Holzstuhl antwortete mit einem Knirschen. »So wie du dich sonst immer anziehst, musst du dich echt nicht wundern, dass sie das tun«, entgegnete Greta. »Mädchen mit Glitzerzeug finden doch alle Jungs toll.«

Aurelia nickte betroffen. »Meine Mum kauft mir das meiste. Sie ist sehr lieb, weißt du. Und sie hat nur mich. Sie will nicht, dass ich mich wie ein Baby verhalte. Wo ich doch bei mir in der Klasse eine der Größten bin.« Aurelias Stimme hatte plötzlich einen leiernden Tonfall angenommen. »Ich soll nicht mehr mit Puppen spielen. Ich soll keine Zuckerwatte essen. Ich soll mich benehmen wie eine junge Dame.«

Leni gähnte. »Komm, Aurelia, wir spielen weiter!«, rief sie eifrig.

»Leni, hör auf!«, schimpfte Greta. »Du kapierst wieder mal gar nichts!«

»Leni kapiert mehr, als du glaubst. Sie ist meine Freundin«, flüsterte Aurelia.

Die Tränen rannen über ihr Gesicht.

Greta versuchte, sich davon nicht anstecken zu lassen, obwohl ihr Aurelia plötzlich unendlich leidtat.

»So ganz verstehe ich das immer noch nicht«, sagte Greta leise. »Warum rennst du denn mit diesem tollen Schminkkoffer herum? Schminkst du dich etwa wirklich?«

»Sie hat gar keine Schminke«, mischte Leni sich nun wieder ein. »Da sind ihre Puppen drin. Niemand darf das wissen. Sie hat sie nur mir gezeigt!« Der Stolz brachte ihre Stimme zum Zittern.

Aurelia schluckte. »Zuerst wollte ich überhaupt nicht hierherkommen. Aber meine Mutter meinte, dass es mir auf eurem Pferdehof bestimmt gut gefallen würde. Dass ich hier meine ganzen Spinnereien, wie sie das nennt, bald vergessen würde. Meine Mutter ist nicht nur Moderatorin, sie ist auch Journalistin. Sie hat herausgefunden, dass euer Pferdehof der normalste ist, den man sich nur denken kann. Und dass lauter nette Kinder hier sind.«

Greta kräuselte ihre Stirn. Irgendwie kam sie nicht so richtig mit. Lag es daran, dass es schon so spät war? Oder hatte sie etwas Wichtiges nicht mitbekommen?

Aurelia stöhnte. »Na gut, ich bin zwölf. Aber ich hab eben immer gern mit Puppen gespielt … das heißt, ich wollte es. Meine Mum hat mich nur nie gelassen.« Sie blickte verzweifelt zu Leni hinüber, als ob sie von ihr Hilfe erwartete.

»Und warum hast du das deiner Mutter nicht einfach gesagt?«, fragte Greta ungläubig.

Aurelia zog die Schultern hoch. »Meine Mutter hat nicht viel Zeit für mich. Und nicht viel Zeit zum Reden. Sie arbeitet fast nur, damit sie viel Geld verdient. Aber ein Pferd für meine Puppen und den rosa Pferdepuppensattel kauft sie mir trotzdem nicht.«

»Der rosa Sattel, von dem du neulich erzählt hast, war für ein Puppenpferd gedacht?« Greta seufzte. »Mensch, Aurelia! Und nur Ferdi hat gespürt, wie du wirklich bist. Darum hat er dich immer beschützt! Und darum ist er nicht von deiner Seite gewichen.«

»Ich hab es auch gemerkt!«, fügte Leni hinzu.

Aurelia druckste ein bisschen herum. »Aber eigentlich ist es jetzt auch schon vorbei. Während ich bei euch auf dem Reiterhof war, hab ich gar nicht mehr so viel mit Puppen gespielt. Reiten lernen und die Pferde fand ich viel spannender.« Sie drückte die verblüffte Leni plötzlich an sich. »Und wenn Leni will, kann sie meine ganzen Puppensachen haben, die brauche ich jetzt sowieso nicht mehr!«

»Oh, wirklich?« Leni strahlte.

»Na, das klingt doch gut, ihr beiden.« Greta legte den einen Arm um Aurelias Hüfte und den anderen um Lenis Schulter. »Und jetzt kommt mit. Wir müssen los. Frau Windjammer flippt aus, wenn die anderen nach Hause kommen und wir nicht dabei sind. Aurelia, du darfst auf Ferdi zurückreiten. Wir tragen deinen Koffer.«

Obwohl es dunkel war, spürte Greta, dass Aurelia vor Freude errötete. Sie legte sich mehr auf Ferdi, als dass sie saß, und nach einer Weile merkte Greta, dass Aurelia eingeschlafen war. Sie hatte aufregende Ferien hinter sich. Jetzt war sie bestimmt erleichtert.

Und Ferdi? Konnte es sein, dass auch er sich freute? Jedenfalls brummte er, als Greta ihm vorsichtig den Hals klopfte.

Frau Windjammer nahm die Kinder auf dem Hof in Empfang. Sie schüttelte ihren Kopf so sehr, dass man schon Angst haben musste, ihr könnte davon schwindelig werden. »Das hätte ich mir denken können«, stammelte sie. »Dabei ist mir noch aufgefallen, dass Aurelia immer am liebsten mit Leni spielen wollte. Das ist einfach ein Elefantenbaby!« Frau Windjammer führte die Kinder ins Haus und schickte sie sofort auf ihre Zimmer, denn es war spät geworden.

Der Abschied

Am nächsten Tag herrschte großer Trubel auf dem Jonson-Hof, es war für viele Reiterhofgäste der letzte Ferientag. Am Abend würden auch Gretas Eltern zurückkommen, Greta freute sich darauf.

Den ganzen Morgen fuhren Autos vor, breiteten Mütter und Väter ihre Arme aus, viele sogar vergeblich, denn einige der Kinder waren während ihres Aufenthaltes einfach zu cool geworden, um noch hineinzuspringen. Andere hatten sich so an das Leben mit den Pferden gewöhnt, dass sie dicke Abschiedstränen vergossen.

Draußen auf dem Hofplatz hockte Aurelia auf ihrer gepackten Reisetasche und hatte die Füße lässig auf den rosa Koffer gestellt. Leni und ihre nunmehr sechs Puppen harrten tapfer neben ihr aus. Normalerweise machte es Leni nicht viel aus, wenn Gästekinder, mit denen sie sich angefreundet hatte, irgendwann wieder abreisen mussten. Aber mit

Aurelia war das anders. Leni machte ein Gesicht, als würde ihre beste Freundin vom Hof gejagt.

»Du musst unbedingt in den nächsten Ferien wieder kommen«, sagte Leni andauernd. »Egal, wie groß du dann bist. Und wie alt du dich dann fühlst! Ehrlich!«

»Das finde ich aber auch«, schloss Greta sich an. »Und Ferdi denkt genauso!«

»Ihr beide denkt ja immer das Gleiche«, murmelte Aurelia.

Greta lächelte. Sie fand Aurelia inzwischen überhaupt nicht mehr zickig.

Aber noch jemand drückte sich auf dem Hofplatz herum. Das war Alex. Plötzlich lief er in den Stall, als wolle er etwas holen, kam zurück und versteckte es hinter dem Rücken. Greta sah das krause grüne Geschenkpapier trotzdem. Dann streckte Alex die Hand aus und überreichte Aurelia das kleine Päckchen.

»Es ist nichts Besonderes«, murmelte er, als Aurelia ihn anstrahlte und begann, das Papier zu lösen, das von einem Stück Strohband zusammengehalten wurde. »Nur ein kleines Abschiedsgeschenk.«

»Oh, ein Striegel!« Aurelias Gesicht verfärbte sich leicht rötlich.

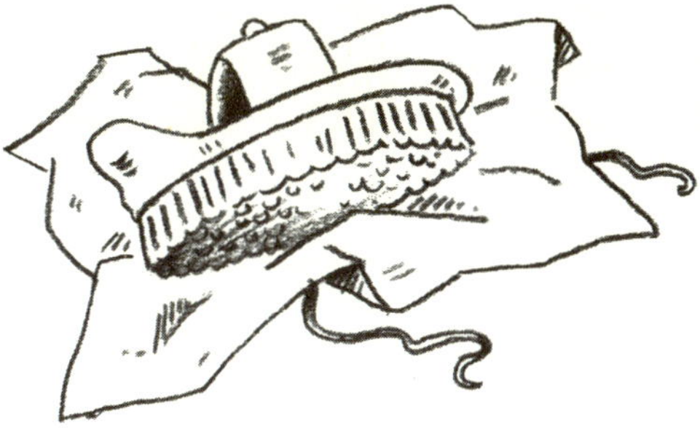

»Er ist schon alt«, sagte Alex. »Wir haben hier schon alle unsere Pferde damit gestriegelt!«

»Auch Ferdi«, fügte Greta lächelnd hinzu.

Aurelia hielt den Striegel ganz vorsichtig in der Hand, als wäre er aus purem Gold. Dann klappte sie schnell ihr rosafarbenes Köfferchen auf und warf ihn hinein. »Jetzt, wo keine Puppen mehr drin sind, kann ich das alte Schminkköfferchen ja auch als Pferdeputzkasten verwenden. Gute Idee, nicht wahr?« Sie strahlte Alex, Greta und Leni an, die jetzt eng nebeneinanderstanden.

Unterdessen war auch der Wagen von Aurelias Mutter vorgefahren. »Hallo, meine Liebe!«, jubelte sie und die vielen Armreifen an ihren Handgelenken klirrten. Dann stutzte sie plötzlich.

»Meine Güte, wie siehst du denn aus? Deine Haare sind wie Stroh. Und was sind das für seltsame Pferdehofkleider?«

Aurelia stürzte ihr entgegen. »Die Sachen gehören einer meiner neuen Freundinnen«, rief sie fröhlich. »Sie heißt Carli. Wir haben unsere Klamotten getauscht. Und das hier ist Greta«, sie drehte sich zu

Greta um, »sie ist zehn und fast wie meine kleine Schwester. Und das hier ist meine allerbeste neue Freundin. Darf ich dir Leni vorstellen? Sie ist sechs Jahre alt und Gretas kleine Schwester. Und das ist Alex. Mein neuer Gastbruder. Und hier ist Ferdi. ER hat richtig gut auf mich aufgepasst!«

Aurelias Mutter war aus dem Auto geklettert. Es war ihr anzusehen, dass sie nicht wusste, was sie sagen sollte. Sie starrte ihre Tochter nur ungläubig an. Dann umrundete sie den Wagen und öffnete den Kofferraum. »Hast du den kleinen rosafarbenen Koffer, den ich dir geschenkt habe, auch nicht vergessen? Du weißt, wie wertvoll das Leder ist. Ich habe ihn bekommen, als ich fünfzehn war, und immer in Ehren gehalten!«

Aurelia grinste. »Den Koffer habe ich noch, und ich mag ihn auch sehr gern, weil er ja von dir ist. Aber er ist jetzt kein Schminkkoffer mehr. Er ist mein neuer Putzkasten! Schau, der Striegel, den ich von Alex bekommen habe, liegt schon drin. Zu Weihnachten wünsch ich mir übrigens einen Hufkratzer, dann hab ich schon die wichtigsten Sachen. Und nächstes Jahr darf ich wieder hierher auf den Hof, nicht wahr, Mama?«

Aurelias Mutter verzog das Gesicht. Einen

Moment lang sahen alle sie gespannt an. Sie zögerte. Dann breitete sie plötzlich die Arme aus und schloss ihre Tochter hinein. »Solche filzigen Haare hatte ich früher auch immer, als ich zwölf war und noch geritten bin«, flüsterte sie. Aber alle konnten es hören. »Und diese Jeans und dieser alte Pullover mit diesem speziellen Pferdegeruch … Das ist einfach herrlich!« Sie lachte und mit einem Mal sah ihr Lachen herzlich aus.

Greta seufzte und legte ihren Arm um Ferdi. Dann winkte sie Aurelia noch einmal zu, schwang sich auf Ferdis Rücken und galoppierte mit ihm vom Hof. Es tat ihr gut, wieder den Wind in den Haaren zu spüren und sich zu fühlen wie eine Elfjährige, fast elf jedenfalls. Ferdi wieherte und fiel in einen noch schnelleren Galopp.

FSC
Mix
Produktgruppe aus vorbildlich
bewirtschafteten Wäldern und
anderen kontrollierten Herkünften

Zert.-Nr. SGS-COC-1940
www.fsc.org

1 2 3 4 5   10 09 08

Umschlag und Innenillustrationen: Eva Spanjardt
Umschlagtypografie: Doris K. Künster
Gestaltung Lentikular-Bild Umschlag: Nadine Vornefeld
Foto: Andreas Friese, Berlin
Gesetzt aus der Adobe Garamond von Karen Kollmetz
in Quark XPress 6.5
Lithografie: Margit Dittes
Druck und Bindung: GGP Media GmbH, Pößneck
ISBN 978-3-551-65013-9
Printed in Germany

Alle Bücher im Internet unter www.carlsen.de

Leni

Greta

Carli

Alex